i

アイ

西加奈子

i

1

「這個世界上，i並不存在。」

咦？她忍不住驚愕失聲。

雖然連忙掩住自己的嘴，不過因為聲音本來就很小，因此不管是在旁邊轉動自己肩膀的濱崎成男、還是在前面玩弄自己髮絲的矢吹沙羅，都沒有任何反應。鬆了口氣看看周遭，沒有任何人看向這兒。沒有半個人。只是自己略略心悸。

光線自二樓面對中庭的窗戶射入，被切割為四方形，照亮幾乎半數學生的側臉。靠走廊那半邊的學生姿態雖然稍微陰暗了些，卻也不需要日光燈的白色光線便能看見。他們每個人獨自的樣貌，都能夠正確看清。他們都有著黑色的頭髮；皮膚雖然色調有些變化，但仍是過往稱為「膚色」的肌膚顏色；嶄新而乾淨的制服。

「平方之後等於負1，這樣的數字並不存在這個世界上。」

正在說話的是數學老師。他是個眼眶很深、有著鬈曲毛髮的纖瘦男子，動作總是非常奇妙。他說自己姓風間，想來今後一定會被拿來開玩笑、取奇怪的綽號吧（事實上他被學長姊們稱為「雅典娜」）。

今天是開學第一天上課。在昨天的開學典禮結束後，今天是學生最一開始的課程，而星期二第一堂課是數學Ｉ。

「也就是說，你們今後要學習一個不存在這個世界上的數字。」

在這第一堂數Ｉ的課堂上，風間正在說著今後三年的授課計畫。聽來窸窸窣窣不太清晰，但偶爾抑揚頓挫會變得相當明顯，就表示他興致高昂，特別是希望學生也感到有興趣。其中之一就是ｉ，也就是虛數的話題。ｉ是非實數之負數，正是最具代表性的虛數單位之一。

高中生要到二年級才會開始學ｉ，想來風間大概是想引起學生們的注意。ｉ×ｉ＝－1這種事情，才剛離開國中的他們完全不可能理解，但老師卻開始教起了「不存在的數字」。肯定是要讓他們感到驚愕，藉此引發他們些許的不安（但實際上產生效果的對象就只有那麼一個人）。風間滿意地環視學生，然後再說了一次。

「這個世界上，ｉ並不存在。」

Ｗｉｌｄ曾田Ａｉ。

這就是阿伊的名字。父親是美國人、母親則是日本人。

阿伊坐在靠窗邊最後面。這應該是大家都非常羨慕的位置，但四月才升上高中，現在也才第二天，大家都不認識彼此，因此也不可能隨口就要求「跟我換位置」。座位是男女混雜在一起依照座號排的，也就是說阿伊是全班最後一個人。

如果是把曾田放在懷爾德之前，那麼自己大概是坐在那一區吧？開學典禮那天阿伊如此想著，看向了佐佐木讓和高梨沙耶香的座位前後（註1）。分發給學生的座位表上寫了學生的全名，阿伊總試著尋找有沒有學生有著「奇怪的名字」，但是看來這個班上並沒有比自己還要「奇怪的名字」。

阿伊這個名字是父母取的。

父親丹尼爾認為阿伊這個發音和日文中的「愛」相同而非常喜愛；母親綾子也覺得阿伊念起來和英文中的「I」也就是「自己」是一樣的而相當喜歡。也就是說，他們希望養育出一個擁有堅強自我且具備愛的孩子。由於不想將意義限定在其中之一，因此以日文書寫的時候會使用片假名來表示「阿伊」，這也是父母兩人一起思考的結果。

註1 日本編排學生座號使用的是五十音的順序。曾田（SODA）會在佐佐木（SASAGI）和高梨（TAKANASHI）之間。Wild則是最後的WA行。

父母針對養兒一事有著共通的想法：不要把孩子當成小孩，必須要以看待個人的方式對待孩子。他們在阿伊四歲的時候教導她世界不均衡之事；五歲時教導她塞隆尼斯．孟克（註2）有多棒；六歲的時候則教導她性的神祕。同時阿伊已經不記得他們是在自己幾歲的時候，說明自己並非與父母血脈相連的孩子、也就是她是個「被領養的孩子」。

阿伊似乎是一九八八年出生於敘利亞，在剛要牙牙學語前被帶離雙親（實際上還經過了複雜到令人幾乎要昏厥的各種繁複手續，這點父母也沒有隱瞞阿伊），因此在發現自己與父親及母親都不像之前，阿伊就已經知道自己是「領養的孩子」、「**adopted child**」的事情了。

小學畢業以前是住在紐約位於布魯克林高地的高級住宅區。對岸就是曼哈頓、家門前有著令人心曠神怡的散步道路，那兒有啜飲咖啡談情說愛的情侶，以及帶著許多大型犬的寵物保母走過。

註2 Thelonious Monk，美國爵士樂鋼琴家及作曲家。

那時通勤的學校裡有各式各樣人種的孩子。白人、黑人、西班牙裔、亞洲人，還有阿拉伯人。有些人和自己一樣是養子養女，也有年齡相去甚遠的孩子。午餐的時候前往咖啡廳，菜單上有五花八門的各國餐點。伊斯蘭教徒孩子正享用自己帶來的清真食品；猶太教徒孩子則吃著猶太食品，校內真的是五彩繽紛。

阿伊自幼便非常害怕「孩子」。雖然她自己也是個孩子（說來懷爾德這個姓氏，一點兒也不適合阿伊（註3）。），她非常害怕孩子們的粗暴、殘酷、無法預測、不中用、不乾淨等，總之只要是孩子們的一切都讓她害怕。只要見到哭叫或者鬧脾氣的孩子，她就渾身發寒；若是見了興奮而喧鬧的孩子，她只能轉過身去。

「妳真的是個好女孩呢！」

母親總是如此回想著。阿伊絕對不會鬧脾氣讓父母感到困擾，在拚命忍耐討厭的事情之後（像是去看牙醫或者打疫苗等），也不會向父母索求巧克力甜甜圈或者碧麗絲娃娃之類的回報。

註3 懷爾德（Wild）同時為英文的「狂野」之意。

但阿伊仍然有不明白的事情。自己身為一個好女孩，究竟是天生的好女孩呢，還是因為覺得「必須要如此才行」呢？

在自己的記憶當中，一直都意識到自己是個「被領養的孩子」，從來不曾忘記過。畢竟隨時都要面對自己與父母完全不同的樣貌，同時阿伊又特別容易將心思放在凝視自身環境上。

某天，父母親帶阿伊去康尼島（註4）。

雖然是春天，但那天的太陽很大。擦肩而過的人都戴著墨鏡，光是站在那兒就讓人冒出汗來。

父母牽著四歲阿伊的手，問她「想做什麼呢？」，說老實話什麼都想做。想去坐雲霄飛車，也想搭摩天輪。也想吃那個布偶裝老虎手上在賣的棉花糖、想和小丑擊掌之後拿到他的氣球。但總覺得有些膽怯，結果都沒能說出口。

父母非常有耐心地等待阿伊的回答。他們停下腳步、蹲下來凝視著阿伊的臉

註4 布魯克林的住宅區，每到夏天會成為休閒娛樂勝地，也有遊樂園。

寵。阿伊覺得非常抱歉。一想到這樣會讓父母感到困擾，便沒理由地想哭。因此隨手一指說「那個」，而那是離他們最近的射擊場。

父母似乎非常高興，尤其是丹尼爾。

「好，那我也一起玩吧！」

射擊場算是比較空的攤位，這也是阿伊挑選此處的原因之一。丹尼爾將錢付給那略略發福、看來是印度或者巴基斯坦人的男子之後，對方便搭話道：「小姐，加油囉。」

男人旁邊還有個與他非常相似的男孩子，用相當熟練的姿勢把橡皮筋砲彈裝填進玩具長槍當中。男孩默默將槍遞給阿伊，男人便開口斥責：「要說請用啊，阿瑪。」阿瑪一臉面無表情地說了：「請用。」阿伊接下的長槍非常重，簡直不像是玩具。丹尼爾幫她支撐著右手架好長槍的時候，阿伊感受到一股撞擊而晃了一晃。

「危險！」

回過頭去，原來是有個白人男孩正在玩鬧而撞了過來。男孩子被綾子的聲音嚇到而縮了縮身子。他的眼瞳是清澈的藍色，彷彿被太陽直射就會融化的玻璃。

「小少爺，這樣很危險呀。」

或許是明白綾子並未生氣而放下心來，男孩子吐了吐舌頭。

「賽斯！賽斯！」

有名女性努力撥開人群跑了過來。她的體型略為肥胖、頭上綁著頭巾。一眼便能明白她不是那名男孩賽斯的母親。

「不可以跑、不可以跑。」

這位女性只能使用英文的單字，大概是賽斯的保母吧。她牽起賽斯的手說道：

「非常抱歉。」

父母親笑著原諒了對方，但是這位女性在對阿伊說：「小姐，真是抱歉。」的時候其實稍微猶豫了一下，阿伊並沒有漏看這點。

阿伊在看見這名女性的瞬間，便察覺到相較於父母，自己在遺傳上與這名女性更為接近。她也知道女性的頭巾表現出其宗教信仰。女人馬上將目光從阿伊身上挪開，牽著賽斯的手離開了，但是阿伊一直記得那名女性的眼睛。責怪、憤怒、放棄、羞愧、自卑、無法忍受，之後無論學習了多少詞彙都無法符合那個眼神。

「阿瑪，有客人呀。」

阿伊的旁邊來了新的客人。但是阿瑪卻看著阿伊，靜靜地看著。阿瑪的視線和那名女性的視線，想來都和來自中東的穆斯林女性非常相似。

阿伊從那時候起，便清楚地認為自己得到了「不當的幸福」（當然那時她還不明白這樣的詞彙）。

父母非常溫柔。如果阿伊希望他們陪伴自己的時候，一定都會滿足阿伊的希望；在阿伊表示想要什麼東西以前，她就能拿到了。只是，那些東西在交付到阿伊手上以前，爸媽一定會這樣告訴她：「絕對不能夠忘記，有些孩子無法拿到自己想要的東西唷。」

那個時期他們還教導阿伊關於「世界不均衡」造成的犧牲者，以及各式各樣的孩子。宛如骸骨一般纖瘦、唯有肚子大大凸出來的孩子們；在冒煙的垃圾堆中找東西的赤腳孩子們；僵在路上睡覺、從大人那兒偷取金錢過活的孩子們。

父母讓阿伊看的各式各樣照片與影片，都不曾自她的腦海消失。絕對不會。等到阿伊能夠好好理解那些事情以後，她就不再自主想要些什麼東西了。她開始覺得房間裡充滿了自己喜歡的東西實在令她非常羞愧，但也隱約知道不可以覺得羞愧。因為不能夠老實地對於自己所受的恩惠有所感謝，是絕對不可原諒的。但是她還沒有辦法將這種心情化為言語，因此阿伊非常自然地容易陷入沉默。

讓阿伊這種煩悶心情更上層樓的，便是阿妮塔的存在。她是在阿伊家工作的保母。

阿伊的父母在「想要享受兩人時光」的時候，或者「外出參加慈善活動聚會」時，就會麻煩阿妮塔照顧阿伊。在紐約有非常多這類時刻發生的機會（尤其是能夠居住在布魯克林或者上城這種地方的有福之人）。因此阿伊與阿妮塔共度了許多時間。

阿妮塔是從海地來此的移民。她個子嬌小頗為細瘦、遠遠看過去像是十歲的孩子，但其實是三個孩子的母親。三個孩子分別是卡塔莉娜、雷吉娜、佛羅倫絲。卡塔莉娜比阿伊大一歲、雷吉娜與阿伊同年、佛羅倫絲則比阿伊小一歲。也就是所有人都只差一歲（事實上卡塔莉娜和雷吉娜只相差了十三個月），三人都是女孩子。

綾子經常把阿伊穿舊了的衣服送給阿妮塔（綾子通常都不是說「給她」，而是說

「請她收下」）。卡塔莉娜的身材比阿伊還要嬌小，就算是穿阿伊的衣服都還大了一圈。

阿伊非常討厭看見阿妮塔萬分慎重地向母親道謝。母親也說過好幾次「不需要那樣」，但是看來阿妮塔並不認為能夠選擇不道謝。阿妮塔總是用她所知道的所有語彙來稱讚阿伊的舊衣服，並且誇張地向母親道謝。

阿妮塔的謝意，讓處在受惠環境中的阿伊感到痛苦。她因為處在將自己的舊衣服給別人（並非請對方收下，她無法將這個行為脫離給予的動作）之立場而感到痛苦。

關於海地的困境，父母也已經教導給阿伊。名為海地的國家曾有多麼殘酷的歷史、遭到歐美的俗惡介入、又被世界拋棄，之後在獨裁下反覆承受暴虐。阿伊在聽過這些事情以後，瞞著兩人吐了（尤其是大量拷問的段落讓她非常痛苦）。

有時阿妮塔會把孩子帶來家裡。三姊妹和阿妮塔一樣又瘦又嬌小，但是充滿生命力、凶猛猙獰，簡直就像是野生的黑豹（實際上她們的肌膚就像天鵝絨一樣絲滑且黑到令人驚訝）。

「阿伊也和大家一起玩吧？」

丹尼爾與綾子經常這樣說。只要阿伊和三姊妹一起玩耍，兩人就會非常開心的樣子。阿伊完全是為了他們兩人而與三姊妹玩耍的。其實她想待在自己的房間裡靜靜閱讀繪本或者漫畫，但她覺得「這是不被允許的」。身在福中的自己並沒有拒絕與三人玩耍的權利。

個性最差的就是長女卡塔莉娜。她無論如何都想掌控一切，更糟的是她非常喜愛玩「扮演醫生」的遊戲。這種情況下卡塔莉娜自己絕對是演「醫生」、阿伊絕對是「生病的人」（雷吉娜與佛羅倫絲看情況可能是護士、又或者是屍體角色，有時不知為何是演狗）。卡塔莉娜會非常仔細觀察阿伊的性器官，有時候還會用冰冷的湯匙按壓。之後會做一些搞不清楚是否為治療意義的動作，但是診療結束之後一定會說：

「這樣就能生孩子。」

想來卡塔莉娜在性方面比較早熟。父母雖然有教導阿伊關於性知識的架構，但是關於那種時候會發出什麼樣的聲音、會做怎麼樣的動作，這些具體的事情都是卡塔莉娜告訴阿伊的。

「爸爸和媽媽每天都在做嘛！」

那時阿伊想像的並非阿妮塔與丈夫的性行為，而是每天都會看到阿妮塔與丈夫性事的三姊妹居住環境。卡塔莉娜住的房子，並不像阿伊家那樣是有主房、兒童房與客房區分的屋子。

「妳爸爸跟媽媽一定也有做啦，絕對有！」

卡塔莉娜這句話重重傷了阿伊。

並不是因為被指出父母親發生性行為而感到震撼。畢竟父母並沒有對阿伊隱瞞「那種事情」，甚至宣言表示性是非常棒的事情。問題是「發生性行為以後就會生小孩」這件事情（當時的阿伊還不明白這只是一種可能性、另外還有避孕的問題之類的）。

「我知道啦，妳是領養來的對吧？」

沒錯，自己的確是「領養的孩子」，並非父母真正的孩子。但是，若父母在發生性行為之後生下了小孩，那就是他們「真正的孩子」了。血緣相連、真正的家人。這樣的話，自己將會如何呢？

阿伊纖細到令人不耐。正如同大部分心思細膩的孩子，阿伊的疑心病也相當重。無論父母有多麼愛她，阿伊仍然無法真正去相信，那份愛究竟是從何處誕生、又是經過什麼樣的手續而來到此的呢？我並非爸爸與媽媽「真正的孩子」，為什麼他們能對我如此溫柔呢？一想到這件事情，阿伊就覺得自己腳下的世界將要崩塌。

電視上也會有演員或者音樂表演者提到自己領養了孩子。口氣上感覺非常輕鬆、開朗，就好像是在聊普通事情的感覺。但他們越是強調這一點，便越是讓人覺得這並不平常。他們領養的孩子們能夠自然地接受這份「普通」嗎？阿伊真的很想問問那些被領養的孩子。

你覺得如何呢？

自己並不是他們真正的孩子；而且恐怕是被人從一個過於嚴苛的環境，帶來一個有著天國般福澤的地方，你覺得如何呢？

阿伊在心中問了他們許許多多次。對著那些從馬拉威來的孩子、從哥倫比亞來的孩子、從阿爾及利亞來的孩子問道。

你覺得自己能被愛到何時？

如果爸媽有了真正的孩子，該如何是好？

阿伊在夜晚入睡時開始塞住耳朵。在這寬敞的家中，應該不會聽到父母性行為的聲音才對，但她害怕感受到那種氣息。要是生了孩子該怎麼辦？如果父母在對待那孩子與對待我的時候，有那麼些不同的話？

阿伊當然沒有自信能夠忍耐這種事。她的腦袋裡一直響徹卡塔莉娜說的話：「妳是領養來的對吧？」

有時她會夢見父母生了孩子。

嬰兒的輪廓雖然非常模糊，但是在夢中，阿伊非常明確地殺死了嬰兒。有時候是將嬰兒摔到地下、有時候是沉進浴缸裡。最糟的是阿伊在夢中還裝作「並不是故意這麼做的」。並不是故意殺了嬰兒、這一切都是意外。父母雖然相當悲傷，卻沒有責怪阿伊。這樣的夢讓阿伊非常痛苦。明明沒有做這些事情，卻認為自己是全世界最為卑劣的人類。

若是卡塔莉娜撿掉落的零食來吃，或者雷吉娜和佛羅倫絲扭打成一團的時候，阿妮塔就會責備三姊妹。阿伊聽不懂阿妮塔說的克里奧爾語，但聽起來就像咒文一樣久久無法遠離阿伊的腦袋。在那當中有著真實的情感。正因為對象是「真正的孩子」所以才能說出口，沒有言外之意而相當直率的憤怒。

阿伊不曾那樣被父母責備。雖然也是自己努力不被責備，但是從未承受真實的憤怒這件事情，還是讓阿伊感到十分痛苦。在夢中也是如此。

甚至連阿妮塔會動手打卡塔莉娜這件事情，都讓阿伊覺得有些羨慕。想來父母絕對不會毆打自己吧。然而阿伊也明白，自己是不可以羨慕這種事情的。阿伊感到很痛苦，一直都很痛苦。

另一方面，卡塔莉娜在承受那樣的怒氣之後，對待阿伊也就更加凶暴。她曾經吐口水在阿伊的性器官上加以摩擦、有一次還把阿伊的腿張開到不能更開。

當然阿伊並不曾把卡塔莉娜做的事情告訴父母、更不可能告訴阿妮塔。她總是靜靜等待時間過去。她的眼角餘光總能看見卡塔莉娜的衣服。身體遠比自己小上許多的卡塔莉娜，穿的是自己的舊衣服。

不知何時起阿妮塔不再來阿伊家了。阿伊並沒有詢問原因，但是看得出來父母……尤其是綾子顯得相當悲傷。阿妮塔的肚子不知不覺間又大了起來，是有了新的孩子。說老實話阿伊鬆了口氣。因為覺得可以不用再見到卡塔莉娜了。今後恐怕會是四姊妹（阿伊內心覺得阿妮塔應該是只會生女孩子的人）一起目擊父母的性行為吧。想來阿妮塔應該也會繼續生孩子。流著她自己血液、真正的孩子。

新來的保母叫做帕烏索提亞。父母當然也教導了阿伊許多關於帕烏索提亞的母國柬埔寨的事情。包括波布的虐殺行為、被剝奪教育與知性的人們，以及在父母眼前被殺死的孩子們。

帕烏索提亞單身，居住在定居紐約的伯母家。由於她並沒有孩子，因此阿伊總算不需要抱持著面對卡塔莉娜時的情緒。她一直工作到阿伊一家離開紐約為止。

阿伊升上六年級的時候，父母告訴她要去日本。

丹尼爾是在航空零件製造商工作。他們事前就告知過阿伊可能會調職到日本，同時這也是丹尼爾與綾子非常期待的事情。他們原先考慮要住在綾子娘家的葉山那兒，但考慮到通勤時間的問題只能作罷，因此懷爾德一家便搬到了東京。父親一個人先去了日本，綾子與阿伊則等到阿伊升中學的年紀才移動。

原先阿伊自幼起便有日文的家庭教師，但是決定要去日本以後，綾子對於阿伊的日文教育就更加努力了。

家庭教師是一位名叫京子的年輕女性，除了自己身為外百老匯的女演員以外，也會教導像阿伊這樣的日本人混血兒（若這樣也可以說是日本人混血兒的話），或者居住在紐約的日本人家庭孩子日文。由於平常會演戲，因此感情表現相當豐富、聲音清朗透徹，而且相當聰慧。也就是說，她是非常優秀的老師。

京子出身神戶。她住在紐約的時候，日本發生了阪神淡路大地震，祖母與兄長也因此過世。京子告訴阿伊這件事情的時候，阿伊是五年級（京子與阿伊的父母不同，她是屬於會根據年齡來選擇告知孩子話題的人）。

阿伊也記得那個地震。在阿伊七歲的時候，父母帶她去參加追悼會。手拿蠟燭為他們祈禱、也寫了信給存活下來的神戶小學生（同時在兩個月之後，阿伊也被告知，日本的宗教團體在地下鐵灑了「毒（註5）」）。

註5　此指奧姆真理教引發的東京地鐵沙林毒氣事件。

即使是對於阿伊這樣的孩子來說，四年前發生的地震已經是過去、同時也是遙遠國家的事情。但是京子卻哭得像是昨天才發生的事情。京子落下的眼淚在下巴那兒消失了，沒有落到地上。阿伊想著。

我的周遭都是這種人。

除了像海地或柬埔寨那樣，國家本身就是地獄之處以外，就連應該不是那樣的日本，都有著如此栩栩如生的不幸。明明又不是遭到拷問或者虐殺，京子還是失去了家人。京子和她的家人究竟發生了什麼事情呢？那又是為什麼呢？為什麼自己的周遭，都聚集了一些身上有著某種悲劇的人呢？而為什麼自己卻不會發生那些事情呢？

為什麼？

阿伊當然也從父母那兒聽聞了敘利亞的事情。次數多達四次的中東戰爭、阿拉伯復興社會黨的獨裁、大馬士革之春；錯綜複雜的宗教、宗派、人種、利害關係交錯的大國介入。父母說那是一個有著各式各樣困難之處，但非常美麗的國家。不過實際上父母並未去過敘利亞。阿伊是在ＪＦＫ機場與父母「會面」的。若是領養孩子，通常是養父母前往要領養的孩子出生國去迎接孩子，而阿伊與父母親是相當少見的案例。

父母沒有去過敘利亞卻向阿伊述說過好幾次，年幼的阿伊每次都感到相當害怕。他們是不是會在某個時候把我送回敘利亞呢？他們已經討厭我了嗎？

即使是成長之後、已經確定自己不會被送回去，阿伊仍然不曾起過想去一趟敘利亞的心情。那個名為敘利亞的國家，應該是自己的祖國。如果去了那兒，肯定能夠知道一些事情，不是像這樣用聽來的。然而自己已經離開了敘利亞。而且是被挑選出來的。

聽父母告知領養系統方面選擇孩童一事並非交由父母決定，他們在斡旋領養的團體登記以後，就一直等待著緣分到來（等了五年！）。而他們一看到對方傳來的阿伊照片，馬上覺得「這就是我們的孩子」。

但是，我究竟是在哪個階段被選上的呢？阿伊不禁想著。就算不是由父母選擇，也是領養團體選擇了我、從恐怕是相當嚴苛的環境下將阿伊送去了父母身邊。

既然有被選擇的自己，就表示有沒有被選上的人。

為什麼會是自己呢？

為什麼？

一想到充滿福澤的房間、充斥恩惠的環境、自己受惠的性命，阿伊在感謝之前先感到了痛苦。聰慧的阿伊因為她的聰慧而受了傷，正因為她如此聰慧，所以絕對不去打聽自己「真正的父母」之事。

父母也教導阿伊阿拉伯文，因為他們認為阿伊必須要明白自己祖國的語言。但是阿伊在阿拉伯文這方面，實在是個表現不佳的學生。在阿伊的心中有某種激烈的阻力不讓她學習。阿伊非常熱衷於學習英文、也熱衷學習日文。她希望能夠成為比任何人都優美使用那些語言的人類，真的是拚了命地在學習。

阿伊說著京子教導的日文、寫在紙上，逐漸熟悉了日文。英文與日文的文法幾乎完全相異。英文會先說結論，但是日文沒有聽到最後就無法明白其意見。也就是很容易令人感到焦急，但這卻非常符合阿伊的性格。

阿伊相當不擅長簡潔表達自己的意見。即使在提出自己意見是好事的小學當中，阿伊也實在無法參加討論。父母和老師雖然都會一直等待阿伊的意見（父母選擇的學校是完全重視個性的學校），阿伊總是深沉地思考、煩惱，最後卻哭了出來。

為什麼大家都能那樣大聲地說出「ＮＯ！」，也能夠說出「ＹＥＳ！」呢？

為什麼大家都能夠那樣確實地擁有自己的意見呢？

對於阿伊來說，學校五彩繽紛，因此她也希望能夠活得五彩繽紛。阿伊在學習方面吸收得相當好。她憑藉的並非快速求出答案，而是不斷思考。尤其語言學本身更是這樣的存在，而日文這樣難以理解的語言更是正中紅心（其實就難以理解方面來說，阿拉伯文應該也符合條件）。

日文真的非常不可思議。不同的東西有不同的算數單位（兔子在日文的單位是一羽、二羽，這還勉強可以接受；但是櫃子的單位卻是一棹、二棹，到最後還是非常不習慣），有謙讓語和尊敬語、同音異義語、擬態語……不管怎麼學習，要完全掌握都還早得很。正因如此，學起來特別有幹勁。

尤其是漢字實在耐人尋味。舉例來說阿伊自己名字的由來之一「愛」就可以讀做「ＡＩ」、「ＩＴＯ（ＳＨＩＩ）」、「ＭＡＮＡ」、「ＭＥ（ＤＥＲＵ）」等；但「生」之類的字就更棒了。音讀就有ＳＨＯＵ、ＳＥＩ（說起來還有音讀和訓讀這種東西！），訓讀還有UMU、UMARERU、IKU、IKIRU、HAERU、OU、NASU、ARU等等，然後「生」在搭配其他漢字以後還會有各種變化，像是生憎（AINIKU）、生粹（KISSUI）、平生（HEIZEI）、早生（WASE）、晚生（OKUTE）、生業（NARIWAI）、大往生（DAIOUJOU）等。

阿伊非常羨慕能夠歸屬於許多「讀音」的「生」。她也希望能夠歸屬於某處。

沒有比日本的學校更適合所謂歸屬這件事情了。

阿伊入學的私立中學有大家相同的制服、相同的體育服、相同的學校餐點。就像是所有人都進入「大家都一樣」的「　」當中一般。而那讓阿伊感到安心。

在聚集各式各樣人種以及各式各樣個性的地方，阿伊總是覺得害怕。自己不是什麼特別之人這點被曝晒出來，讓她覺得孤獨。父母當然不知道阿伊這種想法。父母和學校都盡力要將阿伊養育為有阿伊的樣子。但是她本人拒絕「阿伊的樣子」而變得更加內向，不知何時起那樣也變得孤獨。

在日本卻是「大家都一樣」。

及肩的頭髮綁起來、不染髮、裙子的長度在膝下三公分、襪子是有學校校徽的白襪、皮鞋是黑色的平底皮鞋、書包是學校指定的黑色皮革書包。

全部都決定成一樣的東西，就不需要自己思考了。這對阿伊來說實在感激不盡，在沒有個性才會受到肯定的世界當中，也能夠不去思考自己的事情度日。

但是這份安心並沒有持續太久。

取代孤獨來訪的是疏離感（這非常非常接近孤獨感，但並不相同）。在所有的個性當中自己孤零零的、在大量「相同」的人們之中，自己有著超越一切的特異之處而與大家不同。

阿伊的皮膚比大家白皙（也就是並沒有被算在過往稱為「膚色」的那些顏色當中）。阿伊的眼睫毛比大家長了太多、也比大家捲了許多。阿伊的髮色比大家還要黑、同時也更加豐盈。

阿伊和大家都不一樣，而那不一樣的落差程度比起其他人之間的不同實在非常大。阿伊光是存在本身就非常顯眼。不知何時大家已經將阿伊是領養的孩子之事傳開，就連敘利亞這個不太熟悉的國家，都提起了大家的興趣（似乎也有很多人見到阿伊的容貌，以為她是歐洲國家的人）。當阿伊開口說出漂亮的日文，第一次見面的人一定都會萬分驚訝，當中還有人誇她「日文說得真好呢」。

在日本，領養小孩就是這麼稀奇的事情。

在紐約到處都會看見肌膚顏色不相同的家族。白人父親與亞洲人母親及非洲血統的孩子、或者是白人父母與各種肌膚顏色的孩子。甚至他們身旁還有其他國家的保母在一起，也稀鬆平常。電影明星帶著領養的孩子逛街也是日常生活中的風景。但日本並非如此。

大家都對阿伊非常溫柔。但是，總覺得他們對自己的溫柔與考量到身為同學的溫柔並不相同。雖然在體育課組隊的時候、生物實驗課分組的時候都不會因此發生困擾，但總覺得並非「我們一起做吧！」的感覺，而是一種「您請加入吧」的氣氛。阿伊老覺得自己一直被當成賓客對待（雖然阿伊原先個性就不擅社交性，也稍微為此事推波助瀾）。

阿伊是個在學校內靜靜守護其容身之處的客人。

二〇〇一年九月，有兩架飛機撞上了世界貿易中心。

阿伊上課的學校有許多歸國子女。明明有許多從美國回國的人，但大家卻只顧慮著阿伊。

即使能夠理解那個名叫賓拉登的男人潛伏在阿富汗、而且那是與阿伊出生的敘利亞為不同一個國家，仍然有許多學生將「中東」這個不太熟悉的世界，全部都劃分在一個「伊斯蘭圈」當中（也就是阿伊以往居住的國家遭到攻擊，但她同時也被認定是站在攻擊者一方的人）。

從走廊上經過的時候，其他班級的女學生會向她搭話表示：「真是太糟糕了」、「還請不要太難過」等（大家真的是太溫柔了！）。阿伊會微笑表達感謝，因為她心中了解必須要表達感謝。

但其實阿伊更想道歉。在聽到新聞的時候，阿伊是這麼想的：「我苟活下來了。」

阿伊不曾去過世界貿易中心。

除了在學校的校外教學去看自由女神像的時候，還有跨越布魯克林大橋的時候經過，阿伊並未去過曼哈頓下城。但她還是對於自己並未身處「該處」、甚至是自己離開了紐約這件事情，產生難以言喻的罪惡感。

以前在同一個學校上課的同學，幾乎都住在布魯克林。就算有人是從曼哈頓來上課的，也不會是住在下城的人（應該吧）。但是，他們的朋友、親戚又或者是有些關係而認識的某個人，或許在那崩毀的高塔當中。

阿伊思考著是否要試圖聯絡為數不多的朋友，卻非常害怕。雖然父母已經告知同學們都沒事（他們與阿伊不同，用盡各種手段聯絡上所有認識的人。幸好認識的人當中並沒有人受害。阿妮塔與帕烏索提亞也沒事），但自己應該要對身處該地的人，以及不在那兒的人說些什麼好呢？無論如何思考都得不到答案。阿伊感到內心相當混亂。每天都想著「我苟活下來了」。同時也在感謝自己能夠躲過這件事情以前，想著「為什麼？」

為什麼不是我呢？

為什麼？

家裡有好一陣子陰沉沉的，使阿伊對於要回家感到痛苦。因為打開電視就會不斷重複播放那段影像，因此阿伊一直關在自己的房間裡。

到了十月，英美兩國開始對阿富汗展開空襲，理由是塔利班政權拒絕交出賓拉登。他們稱為「不朽的自由作戰」。幾萬顆炸彈落下、首都喀布爾成了戰場，當然平民也犧牲了。

剛開始每當阿富汗遭受空襲，就會有新聞播報這件事情。但過一陣子之後，新聞報導的次數便減少了。人們緩緩地、膽顫心驚地回到各自的生活。

阿伊對於只有自己一個人一直感到心痛之事極為羞愧。自己分明不是加害者也不是被害者，完全就是無關的人，會這樣痛苦肯定是非常奇怪的。

阿伊有意識地笑著。嘴角上揚、努力與大家的日常生活和樂融融。努力要忘掉世界貿易中心的事情、忘掉阿富汗的事情。夜晚上了床以後，閉上眼的同時也塞住耳朵，用盡全力抹消腦中的影像。雖然不再害怕父母進行性行為，但夜晚對於阿伊來說仍然非常不友善。

阿伊交到了幾個朋友。她們都非常活潑（大多是歸國子女，想來並非偶然），也一樣對阿伊有所顧慮。她們對於阿伊喜歡日本餐飲並且享用一事並不感到驚訝、也誇獎阿伊那並沒有特殊之處的文具。

阿伊希望能夠成為她們。想和她們有相同的一舉一動、想與她們同化。有時候覺得自己的肌膚、睫毛還有頭髮都非常礙事。朋友們雖然都非常羨慕阿伊這些部分，但阿伊卻想要有田丸陽子那樣俐落的單眼皮、平子沙希那樣纖細的體態。阿伊希望盡可能地削減「自己」的部分，完美混進大家當中。有時她們會以英文向阿伊搭話，這令阿伊相當膽怯。為什麼自己會如此顯眼呢？阿伊發現當她們以英文對自己說話的時候，溫柔的同學們會投以冷淡的視線。

阿伊的課業還是一樣非常傑出，甚至可以說是好到令人驚訝。

「如果在美國的話，就可以跳級了呢。」

班級導師是這麼說的。怎麼可能跳級呢！對於不需要投身到那種特別狀態當中的日本教育系統，阿伊覺得感激不盡。

雖然也可以就此進入與國中時同一間大學附屬的高中，但阿伊還是決定考試。她相當喜歡那種埋頭做某件事情的時間。在那段時間內沒有所謂的「自己」，完全處在學習某種東西的巨大波浪上，只需要讓自己的身體隨波逐流即可。

阿伊考上了東京都內的升學學校，與國中的朋友們分道揚鑣。雖然也曾聯絡了一陣子，但終究還是斷絕訊息。

「這個世界上，i並不存在。」

進了高中後最初記住的這句話，就此落在阿伊的心上。

每當回想起這句話，眼前也會同時浮現班級同學的樣貌。並非當時還不認識的臉龐們，而是他們的樣子……他們並未看著自己。

這句話究竟有沒有傷到自己，阿伊並不明白。但因為深深刺進了心房，所以不知不覺對阿伊來說成為一句扭曲的咒語。

「這個世界上，i並不存在。」

在各種場所當中想到這句話雖然有些寂寞，卻也不知為何鬆了口氣。阿伊將這句話放進口袋裡、在掌心玩弄、為它保暖。

學校開課後沒幾天，班上逐漸出現了像是小團體之類的東西。大家有些畏懼地開始談話、揚起了稍稍壓抑的笑聲，大家都摸索著了解彼此。

也有幾個人向阿伊搭話。

「曾田同學？這樣叫妳好嗎？」

這種情況和國中的時候差不多。大家平平都是初次見面，卻在面對阿伊的時候特別客氣，大家都一樣。

「我叫曾田阿伊。希望大家叫我阿伊，這樣我會很開心的。」

大概是在國中二年級的時候，阿伊學到這樣說能夠表現出親暱感。她也習慣了對方聽到這種話以後就會露出開心的笑容。這就像是第一次去國外但是語言能通的旅行者露出的表情呢，阿伊想。

「阿伊這個名字好可愛唷，真棒。那就叫妳阿伊囉。」

「謝謝。」

「阿伊是混血兒嗎？」

「我的爸爸是美國人、媽媽是日本人，但我是敘利亞人。我是領養的。」

「咦、呃、噢，這樣啊。」

這種反應阿伊也已經習慣了。她也知道只需要這樣告訴過一兩個人，之後沒多久就會全校都知道。

「呃那個，怎麼說呢，好厲害喔。」

「謝謝。」

無論如何都用道謝來應付。必須要表現出對方並沒有說錯什麼事情（高中的時候還好一些。國中的時候還有學生說出「妳辛苦了」呢）。必須要讓大家了解自己並不是什麼負面存在、也不是什麼需要以對待易碎物品態度接洽的存在。

阿伊那天稍晚還向三個人表示了同樣的謝意，但是並未和她們一起行動。

生物課是第一次要去專用教室，而生物教室的地點已經放在阿伊的腦袋裡。為了不要麻煩到其他人、能夠自己做好事情，所以她對於這些事情相當留心。

阿伊做好準備以後正打算出教室，卻聽見有人喊她：「欸！」

是權田美菜。

這幾天阿伊將整間教室每個角落都觀察得相當徹底。誰和誰似乎感情不錯、誰又掌握了教室的主導權；為了避免惹誰不開心，應該要如何才能安穩度日等。

當中阿伊發現只有權田美菜和自己一樣，還不隸屬於任何一個團體。但是她看起來似乎和阿伊不同，並不是打算安穩過日子的類型，而是更加堂堂正正地獨自一人。權田美菜有著細長的眼睛及白皙的肌膚，這讓她看起來頗為成熟，而且給人一種難以接近的氣氛。阿伊想著她就算在班級當中也是相當高人一等的存在。

「妳知道生物教室在哪裡嗎？」

從權田美菜的說話方式聽得出來，她並不像其他人那樣是打算好心告訴阿伊某些事情（不管阿伊日文說得有多漂亮，不知為何溫柔的學生們總是覺得阿伊應該很不習慣日本各式各樣的事情）。

她只是單純地在拜託阿伊。

「我完全不曉得在哪裡，怎麼大家都知道啊？」

「嗯。」

阿伊當然也很緊張，她並沒有想到自己會站在告訴別人事情的立場。於是阿伊便和大家似乎不知不覺避開的權田美菜一起走在走廊上。為了避免失去禮數，阿伊微微地將嘴角上揚。

「咦？妳好像在笑？」

「呃。」

嚇了一跳。阿伊因為覺得可能是被責備了，而忍不住縮了縮身子。但是看權田美菜探過頭來的樣子，她似乎只是興味盎然地看著阿伊。

「那個……」

「妳好像在笑，對不對？還是我的錯覺？」

「呃，對，我有在笑。」

「果然！為什麼？」

「不，就是，覺得……很開心……」

「開心？什麼事？」

「那個，可以和權田同學一起……」

「一起？」

「就是，一起移動……」

正想著自己是否說過頭了呢？這樣感覺好像在要求對方以後也要跟自己一起走。

「咦？謝謝！我也好開心！」

沒想到權田美菜卻笑了，似乎真的很開心。阿伊就因為這樣也喜歡上了她。

「還有，可以別再叫我權田同學了嗎？我不喜歡自己的姓，妳叫我美菜啦。」

美菜並不是那種真的會讓大家都想遠離她的孩子。雖然容貌看起來較為成熟，但其實非常天真、甚至可以說是有些孩子氣，這種地方真的很棒。開朗、經常露出笑容，在在顯現出她的感情豐富。她那開朗又堂堂正正的態度和中學時代的朋友們有些相似，但是美菜和她們並不相同。看起來她並不是下定決心「要和阿伊成為朋友」才來搭話的。她真的只是想問生物教室在哪兒。那種自然的態度軟化了阿伊的輪廓，兩人成了朋友。

一學期轉眼便過了。

大家終於習慣課程、考完期中和期末考試；勤於參加社團活動的學生，運動服很快就破破爛爛。該年級受歡迎的學生差不多開始有個方向，從第二學期開始才會發揮本領的學生則仍然潛藏其中。

阿伊當然已經記得所有班上同學的容貌。沒有談過話的學生屈指可數，但只要提到他們的名字也能很快想起他們的容貌。不過那句話……被收在阿伊口袋裡隨時保暖的那句話浮現在腦中的時候，他們仍然沒看著自己、仍是一群不認識的學生們。

「這個世界上，i並不存在。」

阿伊並沒有參加社團活動。她不知道自己擅長什麼事情、對於要決定什麼事情也感到非常棘手。原本想著乾脆看美菜加入哪一個社團，就和她一起好了。但美菜卻決定不要參加社團。並非因為覺得太累、或者下課之後想要出去玩之類的糟糕理由。她說自己只是不想參加社團而已。對於美菜能夠那樣氣勢十足地決定今後三年的事情，阿伊不禁感到眩目。

「那麼妳下課後要做什麼呢？」阿伊問。

「要做什麼呢？聽音樂、看電視……哈哈，也可以說什麼都不做吧。」

美菜是這麼說的。

「那妳呢？」

「咦？」

「阿伊要做什麼？」

沒想到會被回問這個問題。其實阿伊什麼都沒想。從家裡到高中搭電車加上轉車等也需要一個小時的時間，即使如此，夜晚還是很長。自己都在做些什麼呢？

「呃，差不、多吧。」

「嗯？」

「就跟妳差不多吧。」

「哈哈，這樣不行吧。」

美菜雖然這樣說，但看起來完全不覺得不行。而且兩人都是回家社的，美菜卻也不打算在下課後和阿伊在一起。她仍然是堂堂正正地獨自一人。

阿伊將通勤時間耗費在讀書上（雖然在考試前會換成教科書）。來回共兩個小時，讀書量大增到令人訝異。父母幫阿伊買了英文書，阿伊非常高興並且好好地向父母道了謝。但是無論過了多久，從父母手上接下東西的時候始終無法改掉那個習慣，在心中想著「有些孩子無法拿到自己想要的東西」。

宛如骸骨一般纖瘦、唯有肚子大大凸出來的孩子們；在冒煙的垃圾堆中找東西的赤腳孩子們；僵在路上睡覺、從大人那兒偷取金錢過活的孩子們。

他們絕對不會有所成長。在阿伊的心中無論何時總是孩子的樣貌，始終維持著世界不均衡犧牲者的孩子樣貌。

雖然父母有時會告訴阿伊，可別忘了阿拉伯文哪，但她只會曖昧地應聲。其實阿伊幾乎已經把阿拉伯語忘光了，因為她努力這麼做。

如果不想看書了，就好好唸學校課業。

對於阿伊來說，她仍然需要埋頭於某件事情的時間。因此她早一步先徹底學習了所有關於i的事情，總覺得似乎能夠了解雅典娜為何那樣興奮了。數字和記號是非常高傲的、同時也非常寧靜，要解開數學算式就必須與那份寧靜對峙。雖然這是有著清楚答案的學問，但是和言語相同，隨時都能夠思考其過程。阿伊專注於算式當中，數學絕對不會拒絕她。

在升上二年級以前，她已經能夠簡單解出公式了。阿伊非常肯定自己喜歡上數學，但是i並不存在這個世界上，這件事情並沒有改變。

暑假與父母在長野度過。

與在美國的時候相比，父親沒有辦法取得長假，他大肆抱怨並且與兩人誇張地吻別以後就回東京去了。

阿伊和母親幾乎整個暑假都在輕井澤的小飯店度過。

「雖然紐約的夏季也難以忍耐，但是我完全忘了東京那麼熱呀！」

母親穿著涼爽的洋裝，看起來相當年輕。阿伊再次想著，母親真的非常美麗。她明明應該已經快要五十歲了。雖然也有把白髮染黑，但是那細緻的肌膚上卻沒什麼皺紋、微微笑著的臉龐看起來就像個少女。阿伊非常能夠了解年長七歲的父親深愛著母親的理由。

「第一次見到綾子的時候，我還以為是女神出現了呢，對我來說她就是女神。」

父母是在波士頓認識的，那是在他們彼此朋友的結婚典禮上。有著黑色長髮、臉龐小巧又年輕而閃閃動人的母親，肯定看起來就像個女神吧。兩人認識沒有多久之後就陷入熱戀，半年後便結婚。那時候母親二十四歲、父親三十一歲（在那七年後，阿伊便來到兩人身邊）。

未曾歷經生產的母親有著纖細的腰肢、臀部也仍然美麗地翹起，一旦穿著現在這種稍微寬鬆的洋裝，身體線條就更顯得美麗。母親實在是相當適合輕井澤這間小飯店風情的人。

兩人一早起來便去散步、中午睡個午覺、傍晚在陽臺上看書（暑假作業在來到這間飯店之前就已經寫完了）。大致上來說算是無聊，但那種無聊令人感到相當舒服。這也是阿伊第一次與母親兩人獨處這麼長的時間。

阿伊經常與母親談話。在紐約的回憶、來日本之後感到驚訝的事情、阿伊學校的事情，也說了交到美菜這個朋友，這更是讓母親高興到不行。

電視上每天播放著雅典奧運的賽事。

男子柔道的野村忠宏選手連續三個大賽獲得金牌；男子籃球則是美國的夢幻隊第一次沒拿到金牌（母親大喊：「竟然會有這種事情！」）。獲得男子鉛球冠軍的是匈牙利的阿德里安·安努什選手，由於他拒絕檢查藥物反應，因此由日本的室伏廣治取而代之拿走金牌。男子一千五百公尺賽跑由摩洛哥的希沙姆·格魯傑奪下得來不易的金牌，他將得到的獎金捐贈給貧窮的孩子們，是摩洛哥的英雄。希沙姆的金牌讓母親歡呼了起來。

「這種人才是大明星啊！」

奧運結束之後，暑假也結束了。

回到那還是熱死人的東京，阿伊與綾子久違地親吻丹尼爾。父親稍微瘦了一些，非常羨慕妻子與女兒兩個人能夠度過一個涼爽的夏天。

開學那天，俄羅斯南部的北奧塞提亞那兒，尋求車臣共和國獨立的武裝勢力占領了學校。特殊部隊攻堅進入後射殺了大約三十名犯人，卻有超過三百四十位人質死亡。

丹尼爾還沒有回到家裡。阿伊與母親兩人看著電視上播放的新聞。

「怎麼會這樣。」母親不時喃喃說著。

阿伊偷偷窺看了母親的表情。發生世貿中心那件事情的時候，母親與現在的表情稍有不同。雖然非常肯定都是感到痛心，但那個時候還帶著慌亂、並且相當悲傷。或許人對於長久居住之地與不熟悉之處發生的事情，當然會有這樣的差異，但阿伊討厭自己以這種方式觀察母親。

新的一學期當中，班上並沒有學生在談論車臣的事情。當然阿伊也沒說。阿伊開朗地與大家打過招呼以後，互相客氣地稱讚彼此稍微晒黑的肌膚。

在暑假期間，阿伊與美菜通過好幾次電話。聽到阿伊說自己在輕井澤的飯店裡，美菜生氣地說「搞什麼啊！」但是她當然是開玩笑的（阿伊相當喜愛美菜這種輕佻的語氣，因為這讓阿伊感到非常親密）。美菜在暑假期間據說都在幫忙老家的工作。

阿伊一開始並不想告訴美菜說自己暑假為了避暑而待在輕井澤。尤其聽說美菜在打工，更是不想說出口。

每當和某個人成為朋友，阿伊總會顧慮對方家庭的經濟狀況，這並不是因為阿伊很溫柔，而是因為阿伊覺得身在福中的自己相當可恥。因此假如對方是某間公司老闆的女兒、或者和自己一樣是在非常有福氣的環境當中，阿伊就會很安心。對於阿伊來說，自己不是處在「上位」，也就是自己「並沒有太過身在福中」是非常重要的。如果不是這樣，就會和先前與卡塔莉娜往來的時候一樣，承受羞恥心與罪惡感的重壓。

在這方面，阿伊先前通學的私立學校，都是一些所謂的少爺或者千金小姐。就算穿著一樣的制服、拿著一樣的書包，還是能夠從他們身上感受到那種身在福中的氣息。那種氣息來自洗得潔白無比的手帕、直直望著對方眼睛說話的瞳孔，以及與青少年的年齡不相稱的成熟態度。

但是，阿伊實在無法逃離認為自己特別「有福」的想法。大家只是剛好出生在富裕的家庭，那並不是他們所期望的、也不是因為父母刻意的選擇而帶來的。阿伊自己應該也是這樣。自己並沒有希望成為這對父母的「領養的孩子」，父母也並沒有選擇小孩子。

但是阿伊仍然一直覺得自己並非應該在有福氣的環境中領受恩惠的人類。雖然在這裡的是我，但或許應該是個我之外的其他人才對。阿伊想著自己是不是不當地奪走了「那個孩子」的權利呢？阿伊總是對於自己的幸福，以及自己的存在感到相當棘手。

美菜家是一間叫做「權田」的老昆布店，美菜的父親是第三代，店家本身相當有名。也就是說，美菜也算是生在有福氣的環境當中，因此阿伊還算感到安心。當然阿伊對於自己感到安心一事也覺得相當可恥（不管美菜在什麼樣的家庭環境當中，我都應該要愛她、自然對待她才是呀！）。

「畢竟我家爸媽可是完全打算要讓我繼承呢。」

美菜將頭髮綁了個馬尾。這應該是符合校規的髮型，但她綁起來就是有種成熟感。

「繼承，是說店家嗎？」

「是啊。所以才叫我打工，說是從現在起就要多學一些。」

「妳要繼承嗎？」

「怎麼可能！這個年紀就被決定好未來，根本就是地獄！我媽還一直跟我講什麼招贅還是相親之類的事情耶？妳相信嗎？」

即使如此，阿伊還是稍微有些羨慕美菜的環境。

妳有著無限的可能性。

妳有選擇將來發生的所有事情的權利。

與其用這樣的方式被送到寬廣的荒原上，還不如平平穩穩走在所有事情都已經決定好的道路上，不是比較安心嗎？阿伊是這麼想的。就像是身上這套制服、手上這個書包一樣，只要有人對自己說：你就穿這個、這麼做就好，然後走向人生的下一步。沒有決定任何事情的餘地、不需要自己選擇、不需要自己做決定的好人生，是多麼地安穩呀。

「明年要不要乾脆跟妳一起去避暑呢？」
「咦？」
「當然我會付錢的！如果我跟爸媽說我要和朋友以及朋友的媽媽去過暑假，他們不知道會怎麼辦？」
阿伊的心跳得很快，忍不住探出了身子。
「妳來吧！來啊、來啊，我媽和我爸絕對也都會很高興的！」
阿伊對於美菜明年依然想繼續當朋友，感到非常開心。
「真的嗎？我會認真考慮喔！這樣的話應該要先下手為強吧。」
回家之後就趕快告訴父母這件事情吧，阿伊心裡想著。如果我有了能夠一起去旅行的好朋友，父母應該會打從心底感到很高興吧。
阿伊總覺得自己開心度日，是對於父母的義務。年幼時自己相當心思纖細看起來又無法享受時，讓父母頗為擔心，但現在全身充滿著年輕的幸福，應該能夠讓他們感到開心。
當然除了這種念頭以外，阿伊也純粹對於能夠與美菜一起度過暑假感到相當興奮。兩人談了好一陣子明年的計畫。買件可愛的睡衣吧、像美國電影裡會出現的那樣，一起吃整桶的冰淇淋、拿仙女棒比賽誰的燒得久等等。

噢，我們這樣真像超級好朋友呢！阿伊覺得自己簡直像在做夢。

第二學期的期中考試，阿伊是全學年的第一名。特別是雅典娜對於她數學成績的進步感到相當讚嘆。

「我原先以為曾田同學完全是文科生呢。」

雖然課業相當好，但這間學校並沒有會拿這件事情開玩笑的學生。又或者是因為對象是阿伊呢？即使如此，學生們仍然非常溫柔又相當有禮。有時在電車上看到其他學校的女高中學生們會燙頭髮、化著淡妝、裙子短到連看的人都不禁心驚膽跳。阿伊她們並不會這樣。等到秋天以後，阿伊才知道其他學校的學生都說自己學校的人看起來「超土的」。園遊會的時候，也幾乎沒有其他學校的人來參加。

爸媽也是在秋天的學校園遊會上見到美菜的。

身材高大的丹尼爾與嬌小而美麗的綾子非常顯眼，而且他們又是阿伊的父母親，很難不集中大家的目光。學生的父母親們紛紛前來打招呼。

「下次請務必來我家坐坐。」

「要是阿伊能跟我家的孩子成為朋友就好了。」

「將來務必要辦家庭聚會呀。」

大家真是熱情到令人驚訝。

這種時候爸媽的對應方式實在值得一看。尤其是丹尼爾，完全不需要聊什麼天氣。稱讚對方手上拿的東西、說點小笑話，要離開的時候也絕對不會讓對方認為「和自己說話是不是非常無聊呢？」他們會說飲料喝完了、發現認識的人、獨占你一人實在不好意思等各種聰慧的藉口，相當瀟灑地離開，然後又在其他地方打造出一個新的聊天圈子。

「我在美國也出席了很多宴會，雖然很努力學習接待和各種禮儀，但就是比不上丹尼爾。他完全就是宴會之花呢！」

聽到綾子這麼說而大家深表贊同的場面，阿伊也見過好幾次。同時阿伊的確也是這麼想的。

「畢竟祖父母都是商人嘛。我暑假的時候很喜歡去店裡幫忙，也曾經和客人一直聊一直聊，結果業績比祖父母還要好呢！」

丹尼爾的祖父母，達馬特・懷爾德及其妻伊娃在奧勒岡一個小鎮上經營五金行。阿伊來到父母身邊的時候，兩人都已經過世，但阿伊曾看過照片，是眼角有著陰影、表情略顯嚴苛的人們（夫妻兩人都是）。他們是從愛爾蘭來的移民，似乎歷經風霜。丹尼爾的父親也就是阿伊的祖父詹姆斯在那個家裡度過了貧窮的幼年，之後離開自家，做的是販賣學習教材的業務。

「你想想，拿著自己完全無法理解的科學和數學的教材，到處對人說只要用這個來學習的話就能夠了解些什麼、這是多麼有意義的事之類的，想當然耳口條會變得很強吧？丹尼爾可是繼承了我的血緣呢！Verbal Daniel，生來就一張嘴的男人！」

詹姆斯是非常喜歡開玩笑、笑口常開的人。

丹尼爾的母親佛羅倫提娜是波蘭移民的女兒，當年也非常貧窮。

佛羅倫提娜的父母布魯諾卡明斯基及其妻伊莎貝拉都非常熱衷於教育，兩人省吃儉用讓七個孩子都接受了教育。這番辛苦果然有意義，佛羅倫提娜以當地學校首席成績畢業，得到了一份打字工作，她便是在那兒遇到詹姆斯的。

佛羅倫提娜比詹姆斯年長九歲，但兩人卻不在意這年齡差距而陷入戀情。結婚之後便成立了販賣學習教材的公司「J&F．COMPANY」。佛羅倫提娜負責公司的會計，以其擅長的打字嘗試各式各樣經營方式。公司逐日成長，之後生下了丹尼爾的姊姊喬治亞，然後是丹尼爾，之後是羅勃以及唐納德等弟弟。

丹尼爾的老家位在奧勒岡州的波特蘭。

那是個有許多大學及雨水的城鎮，阿伊也去過好幾次。祖父祖母以及丹尼爾的姊弟們都非常疼愛阿伊，但是當祖父母摸著阿伊的臉，口中說著：「阿伊是我們的家人，真正的家人唷。」看起來就像是在說給他們自己聽。

喬治亞伯母口中的：「我對於丹尼爾所做的事情感到很驕傲。」這句話也稍微傷到了阿伊。讓自己成為家人，這件事情令人感到「驕傲」，顯示這決定有多麼的重大。也就是對於懷爾德家來說，自己是非常獨特的存在（唉，阿伊真的是非常聰明而又多麼纖細的孩子啊！）。

喬治亞伯母、羅勃叔父以及唐納德叔父總共有十二個「真正的孩子」。阿伊的堂兄弟姊妹們都肌膚白皙，可說只帶了點粉紅色。有著天藍色、祖母綠或者藍灰色的眼瞳。蓬鬆的髮色為金色和小麥色，並沒有像阿伊這樣黑色眼瞳及黑色髮絲的孩子。

阿伊經常與其他孩子一起玩耍，但還是覺得很彆扭。懷爾德家的孩子們都與他們的姓氏一樣略略瘋狂，這讓阿伊感到有些膽顫。「為什麼妳是家人但是妳的眼睛顏色和我們不一樣？」、「為什麼妳長得跟丹尼爾叔叔不像？」對於毫不掩飾質問這些事情的他們，阿伊無法做出任何回答。

就這點來說，綾子這邊的表兄弟姊妹都是黑色髮絲與黑色眼瞳（雖然肌膚的顏色不太一樣）。但是他們都不會向阿伊搭話，就算想要玩耍也只是巴巴地望著這兒（而且只有五個人，與懷爾德家相比真是個相當客氣的數字）。阿伊略帶顧慮地與表兄弟姊妹們玩耍，在不言談的情況下互不侵犯彼此的領域。日本的環境完全能夠符合阿伊的性質。

綾子出生於神奈川縣，與所謂白手起家的懷爾德家不同，綾子家也就是曾田家代代富裕。綾子的祖父榮吉郎會說英文，因此在戰爭時期被國家賦予了翻譯人員的工作。戰後建立公司，經營的是進口繪畫、美術品、玻璃用品及茶具並且大獲成功。他的兒子也就是綾子的父親被命名為武久，十幾歲開始在紐澤西過日子。學習美國的經營方式並於二十幾歲回國，雖然是家裡的三男卻繼承了家業，和綾子的母親棗相親結婚。

棗是銀行家父親豐作與母親邦子的次女。邦子的父親是貴族院議員，也是一位有錢人。棗也曾經在倫敦留學過，總是穿著洋裝。她自己也非常擅長洋裝裁縫。

武久與棗生了三個孩子，都是女孩兒，綾子是第三個，與姊姊們有些年齡差距。幼年起便與藝術相當親近，還曾經加入青少年的芭蕾舞團，目標是要成為職業芭蕾舞者。

「但因為我不夠高，只好放棄了。」

確實綾子的身高以日本人來說也算是不高的。站在身材高大的丹尼爾與阿伊之間，看起來簡直就像個孩子。

留學去學習語言，卻認識丹尼爾並且與他結婚一事，武久與棗都沒有反對，甚至還舉雙手贊成。據說嫁給了公務員的長女美子，以及同時成為大學教師並持家的次女政子，兩位在結婚的時候，父母似乎都不是非常支持。

丹尼爾在曾田家也像是一朵花，受到大家喜愛、大家都喜歡他。所有人都祝福他們兩人，成了一個幸福家庭。

武久和棗也非常疼愛阿伊，雖然是只見過幾次面的祖父母，仍能感受到他們有些困惑。他們不會像詹姆斯那樣親吻自己的臉頰、或者像佛羅倫提娜那樣用力擁抱自己，這應該是因為他們是日本人。但阿伊總覺得除了日本人的客氣以外，他們對於阿伊還抱持著其他的感受。

阿伊非常努力要當個「好女孩」。她希望祖父母能夠明白，自己並不會為他們帶來災害、是個無害的存在。與那些相當溫和的表兄弟姊妹們一起的時候，阿伊會特別注意這種事情。她非常小心不要傷害了祖父母的感情，盡可能讓自己被愛著。

綾子的老家與丹尼爾的老家共通點只有一個。

就是在走廊的牆壁上掛著歷代家人的照片。在黃褐色照片中的人物們，穿著電影上能夠看到的古老洋裝或和服、帶著略略緊張的表情或站或坐。彩色照片的人物們則都非常放鬆，露出了他們的笑容。爸媽對於照片中的人物是誰似乎全部一清二楚。

「這是我爺爺的哥哥唷。」

「這個人是媽媽的媽媽的妹妹唷。」

也就是說，所有人都與父母是血緣相連的。

端正又或者隨意掛在牆壁上的照片們看起來像是巨大的樹木，正像是家庭樹狀圖。在這裡的所有人，以及不在這裡的所有人都在上頭，祖父母還有父母都在上面，而大家所有人的血緣都是相連的。

阿伊在牆面前受到震撼，總覺得就像是看著巨大的連綿血管、聽見其中傳出的脈動。

「阿伊妳看，妳在這裡喔。」

兩家各自的牆壁上也都掛著阿伊的照片，雖然略略有著謹慎感，但確確實實地掛在樹梢。照片中的阿伊不似黃褐色的緊張感，也不如彩色那般安穩，以一種難以言喻的表情站著，與其他人的照片一點都不像。

自己無法屬於某個家族樹狀圖。

不，也不能說是辦不到。因為自己會在這裡，正表示有生物學上的父親與生物學上的母親，但若是不認識那兩個人的臉龐，自己是否不過就是個沒有著地也沒有根部的一枝小草呢？風呼嘯吹來就會飛走，無依無靠的小草。

阿伊看向自己的腳，尋找粗壯的草根，但當然只有普通的一雙腳，以及父母買給自己的嶄新皮鞋在底下閃閃發光。

「阿伊的家人好帥氣喔。」

美菜似乎相當喜歡文化祭上遇到的阿伊父母。

美菜的父母由於做生意而無法前來參加活動，美菜似乎也因此鬆了一口氣。

「我才不想讓阿伊見到我的爸媽呢！絕對不要。」

阿伊想著，美菜覺得讓爸媽見朋友實在很丟臉，卻有著非常確實的樹根。實際上美菜的腳也相當直挺，就像是年輕的樹木。

「妳爸身材高大又很帥氣，媽媽好可愛，該怎麼說呢？就像是朋友一樣！」

美菜與母親很快就決定明年要去輕井澤一事，丹尼爾也幹勁十足決定明年一定要休個長假。阿伊也非常開心，幾乎可說是人生第一次覺得期待明年夏天。

時間進入寒假，度過了來日本以後不知第幾個聖誕節。

雖然聽說這裡是一個佛教國家，但是街道上仍然非常熱鬧，車站前有各式各樣的霓虹燈閃閃發光；百貨公司裡也因為聖誕節特賣會而熱鬧滾滾。

來到日本以後感到驚訝的事情之一，就是信仰非常曖昧。就算是沒有宗教信仰或者大家信仰不同宗教，結婚典禮還是會在教堂辦；過年參拜會去神社；而喪禮則是佛教式。原先對於日本人的印象是他們非常擅長所有事情都在已經決定好的框架內執行，卻只有信仰是如此淡薄。

話說回來，阿伊自己的信仰也非常曖昧。

丹尼爾是猶太教徒，那只是因為他的母親是猶太教徒。他本人對於要在猶太教的光明節同一個月份裝飾聖誕樹，似乎沒什麼抗拒感，綾子也是。阿伊只記得在自己很小的時候曾被爸媽帶去猶太會堂，但是在家裡也不曾堅持要用猶太認證食品。

如果自己留在生物學上的父母身邊，那麼是不是會有個非常堅定的神明信仰呢？阿伊有時候會這麼想。在敘利亞，伊斯蘭教徒占大多數，當中最多的是遜尼派。而現任總統巴沙爾・阿塞德則是伊斯蘭教徒當中據說也算是少數的阿拉維派。除此之外還有伊斯蘭教什葉派、庫德人等信仰的亞茲迪教，以及敘利亞東正教等基督教徒。各式各樣的派系以及民族，將敘利亞交織成一整片馬賽克牆似的，這是從前爸媽給自己的書上寫的。

如果因為出生環境就信仰不同的神明，那麼「神」究竟是什麼樣的存在呢？九一一的時候看見父母努力祈禱的樣子，阿伊也曾想過，「他們是在向哪一個神明祈禱呢？」而看著自己為了祈禱而緊緊握住的雙手，也還是這麼想著。

「我到底是在向誰祈禱呢？」

即使如此，若是發生了什麼大事，阿伊的兩手還是會自然靠在一起、緊緊握著。就算對象非常曖昧，身體還是希望能夠祈禱，這點實在非常奇妙。

十二月二十六日，印度尼西亞的蘇門答臘島外海發生了規模九點一的地震。地震造成的災害相當大，印度洋沿岸各國都發生了海嘯。結果共十二個國家總計超過二十二萬人死亡，受害者則高達數百萬人。

阿伊知道這件事情的時候，還是開始祈禱。丹尼爾與綾子也馬上就捐了款，阿伊則把她自己存下來的零用錢捐了出去。當然大家並不會覺得這樣子就能夠解決事情，但就是無法安下心來。非洲正在打內戰、阿富汗也持續有空襲，不管是人禍還是天災，世界上每天都有許多人死去。

二〇〇五年三月二十九日，蘇門答臘島的西方再次發生了地震。這次是以尼亞斯島為中心、規模八點七的地震，犧牲者約達兩千人。從這個時候，阿伊開始將死者數量寫在筆記本上，而且好一陣子非常熱衷於做這件事情。

七月七日，英國倫敦的地下鐵及公車等處發生了爆炸恐怖攻擊，犯人是蓋達組織的成員，死者有五十六人。

同年七月二十三日，埃及沙姆沙伊赫的飯店等處，依然有蓋達組織於多處同時引爆炸彈的恐怖事件，死者為八十三人。

阿伊當然無法網羅全世界所有的事件，她只寫下在日本能夠了解的「重大新聞」死者數量，並且拚了命地每天在走過派出所前時，不要去看交通意外死者數量。因為實在沒有空理會那些「小小數字」的死者。如果開始連那些都算起來，自己的腦袋一定會壞掉的。

美菜並不知道阿伊在做這些事情。

升上二年級，阿伊與美菜不在同一班，但仍然持續往來。那個時候兩個人都已經有手機了，總是在上課中或下課後互傳一些沒有什麼內容的簡訊。

「很熱對吧？」

「實在太熱了。」

「現代國文課根本地獄，好想睡覺。」

「抱歉，我剛才睡著了。」

在這個班上也交到了朋友。大家都非常開朗，仍然與國中時代的朋友們有些相似。她們全都加入運動社團，因此下課後和休假日無法一起度過。這讓阿伊感覺心靈平靜。一個人在回家路上的電車當中，阿伊更是熱衷於看書。成績不斷提升，常態性掛在該學年榜首，已是日常風景。

到了暑假，美菜如約定所說的來到了輕井澤。

「好涼快唷！」

父母面帶笑容地看著歡喜高喊的美菜，阿伊也是。能夠毫不保留展現自己情緒的美菜實在非常耀眼。

出發前父母說想去和美菜的爸媽打個招呼，被美菜盡力阻止了。相反地，美菜的爸媽打了電話過來家裡。原本應該只是要說女兒受你們關照了之類的，但是母親在落落長的電話結束以後，掛上電話一副累癱的樣子。

「我也算是很愛講話了，但實在比不上美菜的媽媽呢，她的話題好多呀。」

阿伊想起了美菜說「太丟臉了所以不想讓阿伊見到我爸媽」的事情。

美菜確實帶了住宿費用過來。丹尼爾雖然婉拒，但因為美菜實在太堅持了，最後還是勉為其難地收下。

丹尼爾預約的房間比去年的還要大，是兩個房間連接在一起的房型。當然是阿伊與美菜一間、丹尼爾與綾子一間。從窗戶能看見森林，所以早餐就在露臺上吃。

「真不敢相信！好棒唷！」

美菜興奮無比地把枕頭丟向了阿伊，而阿伊也把枕頭丟回去。她不曾這樣興奮，就連孩提時代也未曾如此。阿伊打從心底認為，我真的很喜歡美菜。

四個人在森林裡散步、尋找菇類、拍松鼠的照片，到了傍晚丹尼爾與綾子會睡個午覺。阿伊和美菜也會躺到床上，但就是睡不著。她們穿著特地帶來的新睡衣，在露臺上彷彿模特兒一般擺動作拍照，但是並沒有特別想將照片傳給班上同學之類的人，美菜似乎也是如此，她傳了幾乎與阿伊拍的照片相同角度的照片給阿伊，然後阿伊也回傳給美菜。

晚餐在飯店的餐廳裡吃。綾子與丹尼爾開了一瓶香檳，阿伊與美菜則喝著由長野採摘的葡萄打成的果汁。每一道菜都相當美味，不管怎麼吃都停不下嘴，美菜也吃了不少。她的身材幾乎只有阿伊的一半，究竟那麼多食物都去了哪兒呢？真是奇怪。

阿伊十七歲了。最近忽然開始胖了起來。原先就相當豐滿的胸部也越來越大，這絕非誇張，因為總覺得胸罩每天越來越緊。腰骨上開始豐腴了起來，制服裙的打褶變得有些零亂。而另一方面，美菜好好穿著衣服也能看出她有著美麗胴體。那纖直的雙腳、細小的二頭肌都完全及不上阿伊的壯碩。阿伊覺得自己有這樣的身體實在丟臉。

嬌小而纖瘦的綾子也與自己的身體不同。這種時候，阿伊自然會想起自己生物學上的母親。在阿伊心中的母親，不知為何是小時候在康尼島見到的那位穆斯林女性。她有著白皙肌膚、晃動著肥胖的身軀，不知現在生活在世界上的那兒呢？又或者已經死了呢？

到了晚上，四個人一起到露臺上。

夜晚的輕井澤甚至有些涼意，披著絲巾聊天，話題怎麼也聊不完。

「要是能升個火就太棒啦。」丹尼爾說。

這麼說來，丹尼爾的老家經常在庭院裡升火。大家會拿串著棉花糖的小樹枝，或者香蕉還是香腸之類的東西在那火上烤，然後一起聊天。

「雖然說挺涼的，但要是升火的話應該會很熱吧？」

綾子和丹尼爾差不多把一瓶紅酒喝完。但兩人的臉都沒有紅通通、樣子也沒有什麼變化，兩人的酒量都很強。

「美國人真的很喜歡營火呢。」

聽綾子笑著這樣說，美菜眼睛閃閃發光的問：「真的嗎？」

美菜似乎打算將來要去紐約的樣子。而且她說自己不是想去旅行，而是想去住在那兒。

「我不知道妳想住在紐約呢。」

阿伊這麼一說，美菜便笑著回道：「是嗎？」阿伊明白美菜並不是為了討自己父母歡欣而說這種話。她雖然也喝了一點紅酒，但看起來並沒有醉，黑色眼瞳大大的，像小動物一樣閃閃發光。

「電視上看到的紐約，不是有各式各樣種族的人嗎？總覺得那樣待起來很舒服，讓人活力十足。那個叫什麼，人種的熔、熔……」

「熔爐？」

「對！」

「的確呢，以人種熔爐來說，確實沒有比紐約更熱鬧的地方了吧。」

「的確是這樣呢。走幾步路就有各種國家的料理可以享用，路過聽到的音樂也是每條街都不一樣，實在是熱鬧到不行呢。」

對於那種熱鬧感反而覺得難以忍受的阿伊，無法加入三人的對話。她靜靜地守護著、等待話題結束。

「得好好學英文才行。雖然其他科目都慘到不行，但只有英文我有比較努力。」

「英文大家都學不好啦！就連我也都是說日本腔的英文呢。在中國城裡的中國人，還有人都住幾十年了也還不會說英文呢！」

「是喔？」

「綾子妳那樣說也太誇張了吧。」

「不，真的是啊。你不知道我為了買一小瓶蠔油，可是多麼千辛萬苦對吧？」

「哈哈哈。哎呀，妳可以去搭計程車看看。真的是很誇張，可以聽到各式各樣口音的英文唷。」

「計程車！是小黃車對吧？好棒喔，我好想搭搭看。」

「要是哪天可以和阿伊一起去就好了。阿伊會帶路的。」

九一一已過去四年，紐約恢復到原先的樣貌。不，這並不是阿伊的感覺，而是聽電視說的。「恢復原先樣貌的紐約」究竟是什麼樣的城市呢？

沉浸在悲傷當中的市民們會笑了嗎？

世貿中心的瓦礫已經完全清掃乾淨了嗎？

那樣可以說是原先的樣貌嗎？明明死亡了將近三千條性命，根本無法復原啊？

阿伊的心靈在不知不覺間再次囚禁於「我苟活下來了」的念頭之中。

「哇！那就太棒啦！」

美菜的聲音聽起來很遙遠。美菜是很溫柔的，所以在二〇〇一年九月十一日那一天，她肯定也感到相當心痛。說不定也有捐款、也為那些人流了淚。但是就在何時，那份悲傷已經結束了呢？悲傷可以結束的那個瞬間，是在何時造訪大家的呢？

「對吧，阿伊？」

「咦？」

望向美菜，她的嘴脣略溼，說著話的同時沾上了自己喝的葡萄汁。阿伊想幫她擦掉，卻無法伸出手。

「欸，妳有在聽嗎？我說以後想跟妳一起去紐約！」

「啊，噢，嗯。我也希望能去。」

「什麼嘛！聽起來好隨便。」

「唔，嗯。因為我國中的時候就來日本了，其實也不太清楚那邊的路啦。只有在家附近晃而已啊。」

「有妳的英文能力就夠啦！我們一起去把紐約搞得天翻地覆吧！」

美菜有時候會這樣說些胡來的話。但從她的口中說出來就非常自然，畢竟這就是阿伊所喜愛的親暱象徵。

「紐約嗎……」

阿伊試著想像某天自己和美菜一起走在紐約街頭的樣子。和美菜一起搭地下鐵、和美菜一起向街頭小販買可樂、和美菜一起在布魯克林大橋眺望對岸，然後和美菜聊著自己在此長大之事。我會向美菜說卡塔莉娜的事情嗎？告訴她那五彩繽紛的學校、五彩繽紛的街道，那些五彩繽紛都讓我感到痛苦的事情？

「嗯，我們去吧！將來。」

「太好啦！噢，這樣我接下來的人生就能繼續努力囉。」

「太誇張啦！」

「才沒有，我是說真的。」

就在那一瞬間，周遭變得一片明亮。原先隱藏在雲朵後的月亮露出了臉龐，那月兒幾乎是個完美的球體。大家的臉上都多了一層淡淡的黃色。

「好啦，酒也快喝完了，我們解散吧！」

那時間也正好可以為這小小的宴會畫上休止符。綾子雖然老是誇獎丹尼爾，但其實她自己也是相當有魅力的「宴會之花」。

「接下來是女孩兒們的談心時間吧？兩個人可以聊聊喜歡的男孩子？」

綾子從兩人手上拿走玻璃杯，丹尼爾則收拾著空酒瓶和水果盤。阿伊可沒漏看了那一瞬間美菜的表情。

美菜微微露出了有些悲傷的表情（看起來是這樣的），而阿伊也對於自己發現的事情感到相當驚訝。

我們以往從來沒有聊過關於戀愛的事情。

和美菜在一起，有永遠聊不完的話題。聊成績、聊班上同學、聊喜歡的音樂、聊美菜打工的事情，因此根本沒有插進「喜歡的男孩子」這種話題的餘裕（應該吧）。但是自從認識已經過了一年以上，可以說是親密朋友的兩個女孩子，連一點兒戀愛相關的話題都沒談過，這樣是不是有點奇怪呢？

兩個人回到房間以後，阿伊仍然不時窺看著美菜的表情。美菜並沒有露出剛才那種表情。雖然覺得她的臉頰有些泛紅，但又不是想辦法裝作若無其事的態度。美菜非常平靜。

兩個人都已經洗過澡，但是美菜說睡覺前想再流一次汗之後，就消失在淋浴間門後。並沒有特別奇怪的地方。

阿伊想著，我總是想太多了。

坐在床上之後，忍不住直接躺了下來閉上眼睛。床單相當乾爽而舒適。雖然想刷個牙，但就是無法悠哉地走進浴室。那微弱的淋浴聲始終沒有中斷，就像是在下雨。

或者我要直接走進去呢？

阿伊對於自己的念頭感到驚訝，睜開了眼睛。

美菜又是如何？

兩個十七歲女孩子住在同一個房間裡。一個人在淋浴的時候，另一個人為了刷牙而走進浴室。這樣很奇怪嗎？又或者是對於感情很好的兩個人來說，是很普通的事情？

阿伊再次閉上了眼睛。不，會覺得這種事情是否普通，這麼想的時候就已經不尋常了。我想看美菜的裸體嗎？又或者只是想成為能夠裸裎相見的親密關係？就像姊妹那樣？

阿伊無法停下自己的思考。明明應該只有自己沒喝酒，但心情上卻比其他人都來得高昂，不管是父母或者美菜都沒有這樣。這又是為了什麼？

美菜呢？

美菜會想要看見我的裸體嗎？

阿伊開口「啊」了一聲。因為覺得自己正在思考的事情，感覺極端地傲慢且汙穢。

不管是在紐約的時候、在國中的時候，又或者是現在，阿伊心中都沒有母親說的那種「喜歡的男孩子」。就算覺得對方很溫柔、是個很棒的人，也沒有心情覺得想做點什麼。

雖然阿伊覺得自己還是個小鬼頭，但就算是這個「很土氣」的學校也有情侶，阿伊也知道有女學生會因為生理期晚來而非常焦躁。而且綾子和丹尼爾也教導過她，性衝動是非常自然的事情。但是，阿伊並不明白若對象是女性的情況又該是如何。

和美菜在一起很高興。希望能夠一直在一起，也覺得能為美菜做任何事情。這是因為她是第一次交到的好朋友呢？又或者是大家非常熱衷的所謂戀愛呢？

淋浴聲停了。

阿伊鑽進了被窩裡，閉上眼睛假裝在睡覺。總覺得有點對不起美菜。美菜大概也覺得阿伊睡了吧，並沒有向阿伊搭話。

聽見了美菜擦拭頭髮的聲音。美菜花了不少時間弄乾一頭長髮。明明非常麻煩，但美菜卻一天裡要淋浴兩三次。美菜用的洗髮精並不是飯店的，而是她從家裡帶來的。而且她帶了一整罐，實在令人驚訝。問她這樣子家裡的人不會困擾嗎？美菜說那是她自己專用的。

或者是高中二年級的女孩子，大家都有各自專用的洗髮精呢？阿伊絲毫沒多心地使用綾子和丹尼爾在用的東西。那是在紐約時就使用的有機產品，在日本不好買到，一開始綾子也是費盡心思。

「我不想和爸媽有一樣的味道。」

美菜是這麼說的。阿伊認為這是受疼愛的「真正的孩子」特有的任性。阿伊覺得能和父母有著一樣的氣味相當開心。綾子挑選的產品並沒有強烈的香氣，但是在將臉埋進枕頭裡的時候、從沙發上隨意放置的抱枕上，都能隱約聞到與家人相同的氣味，讓阿伊感到安心。

但這樣就像個孩子似的。

阿伊在裝睡的同時如此想著。現在除了美菜以外的三個人也是相同的氣味，這件事情讓阿伊覺得有些害羞。一邊想著這些事情，不知不覺真的睡著了。

第二天早上才聽美菜說了那件意料之外的事情。那是她們為了退房而在收拾行李的時候。

「其實我有個哥哥呢。」

這還真是第一次聽說。

「我是沒有特別隱瞞啦。」

確實如此。阿伊並沒有印象自己曾經問過美菜是否有兄弟姊妹，對方也完全沒有隱瞞自己有兄弟姊妹之事。

「該怎麼說呢？是血緣不同的哥哥，我媽從以前的家庭帶來的。」

阿伊想著這聽起來有點複雜呢……但卻沒停下打包行李的動作，也沒有讓自己看起來特別吃驚的樣子，總覺得美菜比較希望如此。

「所以我的哥哥啊，雖然和我以及母親血緣相繫，卻沒和爸爸血緣相連。」

血緣。在這瞬間，阿伊的腦中浮現的是樹木。在丹尼爾老家，以及綾子老家看見的血液的大樹。

「這種事情根本無所謂吧？爸爸喜歡上的也是有哥哥的媽媽呀。」

美菜迅速疊收著自己的衣服。她的速度及美感實在令人感到驚訝，看來一定是母親教她的吧？阿伊想著。

「我們家的昆布店是個老字號啊，好像從江戶時代一直做到現在。不過這不重要啦。」

當人開口說「這不重要啦」的時候，通常都是表示「這實在很糟糕」，這是從經驗上學習到的事情。阿伊忍不住緊張了起來。

「所以說啊，到底是為什麼這樣子名聲浩大的昆布店，一定要由我來繼承呢？」

這件事情阿伊還記得。美菜便是為此被迫在家裡打工，記得她還說自己被逼去相親。

「他們想讓我繼承，而不是哥哥。就因為血緣相連，就只是這樣。因為我有著從江戶時代一路流傳到現在的權田家血緣，所以那些人覺得不應該讓哥哥繼承，而是應該由我來。」

美菜說「那些人」，想來並不是單純指與美菜哥哥血緣不相連的父親，而是表示血緣相連的母親也是這麼想的。

「那樣的話……」

美菜的手稍微慢了些。

「真的是有夠蠢的對吧。」

阿伊並不是想問些什麼，因此也沒有做出任何回應。只是努力打開已經折好的睡衣，盡可能努力疊得像美菜折的那麼漂亮。

疊好睡衣以後，行李也就收拾完了。阿伊盡可能花費了多一些時間，因為總覺得手一停下來，美菜就不會再繼續向她訴說些什麼了。不是昨天晚上、也不是前天晚上，偏偏要在出發離開的早上、大家都手忙腳亂的時間，美菜才要說這件事情，想來應該是有特別的意義吧。

「他們叫我要讓人入贅。在這個年紀耶！還說要生小孩，為了不讓權田家的血緣斷絕。真的是有夠蠢。」

不讓血緣斷絕。

在阿伊身體當中，血液的聲音轟然作響，那聽起來就像是水聲。雖然非常相似，但水的聲音並沒有那樣的殘酷。它具備了將聲音流瀉出去的東西全部淘汰的絕對力量。

「實在太蠢了。」

阿伊無法與美菜有相同的想法。
美菜的父親希望那個位於自己家族樹尖端、繼承了自己血液的孩子來繼承自己的事業，以及贊同他的美菜母親都是，阿伊不認為他們像美菜所說的那樣「實在太蠢了」。雖然很悲傷、雖然很痛苦，但還是覺得「會這麼想是理所當然吧」。阿伊忍不住這麼想。
「阿伊的爸爸和媽媽都好棒喔。真的很棒。」
美菜嘴上這麼說著，卻沒有看向阿伊。
「和血緣是否相繫一點關係也沒有。」
這種話不是妳能說出口的！阿伊第一次對美菜起了反感，卻又馬上責備起有這種念頭的自己。美菜不能的話，那麼又還有誰是能夠講這種話的呢？
「阿伊真的很幸福呢。」
阿伊並沒有回話。不管在一起度過了多少時間，或者是有比朋友更深刻的感情，還是有不能互相理解的事情。雖然覺得自己早就充分了解這種事情，但阿伊還是覺得受傷。感受到自己「很幸福」、是個「飽受福澤的人」這點有多麼讓阿伊痛苦，而美菜卻不能夠明白，這讓阿伊感到非常悲傷。

「是呀。」

不管重折幾次，睡衣都沒辦法折得很漂亮。阿伊已經放棄了，反正回到家以後馬上就會丟進洗衣機裡，而完全洗乾淨的睡衣，綾子會幫忙疊得非常美麗。

「我真是羨慕阿伊。」

阿伊直盯著美菜正在收洗髮精瓶子的手。美菜現在身上仍飄著她個人的香氣。和家人不同，只屬於她自己的氣味。

十月八日，巴基斯坦東北部發生了芮氏七點六的地震，死亡人數超過七萬人。

阿伊筆記本上的死者數量已經超過了上萬人，這不用計算也能夠明白。明明死了這麼多人，世界卻還是一步一步地前進著。早上起床以後肚子就餓了、塞滿人的電車沒幾分鐘就會出發、上課時間很無聊。

那麼人究竟是在哪兒死去的呢？

阿伊有時不禁如此想著：每天都有人死亡，而且肯定都是以幾萬人為單位死去，但若不是出現在自己的身邊，就好像是沒發生過的事情。有哪個人在某處死去，天空也不會裂開、更不會降下血雨。世界還是如此和平。

「這個世界上，i並不存在。」

到了冬天，三年級學生們心情便不太安穩。

有時會在一片靜肅的空氣當中忽然出現大聲喧鬧的聲音，又或者是在胡鬧的言語當中展現悲傷的瞬間。

但是這間學校還是比公立高中來得安穩一些，因為幾乎所有的學生都決定直接升學到附屬的大學。約略不安穩的氣息來自那些要去其他學校的學生，同時所有學生都散發出已經感受到某一天將要別離的氛圍。

阿伊的班級導師也告訴大家，差不多該想想畢業後的事情了。畢竟已經有學生決定要升學到附屬的大學（「不然是為了什麼進這間高中的？」），但似乎也有些另有想法的學生。

阿伊還在考慮要接受升學考試。

她考試總是拿全學年第一名，在這兩年內幾乎沒有一次掉到第二名過。大家都知道阿伊是個秀才，因此也認為她以程度更高的大學做為目標是理所當然。

但阿伊並不是為了提高自己的程度才想去考試，而是因為「努力後被選上」這點非常重要。

既然是考試，當然會有人上榜、也會有人落榜。而選擇方法非常簡單，就是依照成績的順序而已。如此冷酷明白的方式非常吸引阿伊。那並不是被某種不知名之物選擇，而是靠自己的努力獲得分數才被選上的，這點對阿伊來說非常重要。聽完美菜哥哥的事情以後，這種想法變得更加強烈。不過也可能是開始在筆記本上書寫死者數量的時候就已經決定好了。

美菜似乎打算升上附屬大學。說老實話，能和美菜一起度過大學生活相當吸引人。但是美菜明白阿伊的學力，因此並沒有邀約要一起上大學之類的。阿伊也非常感謝她這點。

剛過完年的二〇〇六年二月三日，埃及外海的紅海海域上搭載了一千四百名乘客的客輪沉沒，犧牲者高達一千人以上。同月十七日，菲律賓中部的萊特島發生大規模土石流，死者暨行蹤不明者超過一千人。

死去的他們，以及活下來的他們，究竟是如何被挑選出來的呢？沒搭上客輪就行了嗎？但是當中也有生存者活下來，這又該如何說明？就算避不開土石流，在不同場所的災況也不同呀？

在無法弄清楚如何才能得救的狀態下死去的那些人的存在，總是使阿伊感到萬分痛苦。

是什麼決定了那種事情？

阿伊只把發生的事情和死者數量寫在筆記本上，但那數量並沒有固定上限，也不是以非常簡單的方式選擇決定的。想來並不是某個人的任性、也沒有經過任何審判，他們就這樣死去了。

五月二十七日，升上三年級那天，印尼爪哇島中部的日惹市發生了芮氏規模六點三的地震。死者為五千五百人以上。阿伊已經放棄思考所謂的「以上」當中究竟有多少人。

在五月時和內海義也成為同班同學，後來聽說他提交了一張空白的升學意願表。阿伊升上了數理科系的班級。在徹底學習關於i的時候，阿伊完全受到數學的靜謐與美麗吸引。

以語學或者歷史來說，總是會賦予其某些意義。而從那些意義推廣向各式各樣的世界以後，終究會讓阿伊感到痛苦。這並不是指她想要停留在無意義的境界，只是想要從忍不住思考自己的事情以及世界的事情的那些時間當中獲得解放。數學並非無意義，但數字就只是數字，而算式也就只能以算式的樣貌存在於世界當中。只要埋首其中，其他的聲音就會消失。阿伊非常愛惜那既困難卻又簡單的時間。

數理科班上男孩子比較多。唯有這點讓阿伊稍有煩躁感（雖然也有女孩子因為這樣而非常開心），因為會覺得好像一定得喜歡上他們之中的某個人似的。阿伊現在對於美菜仍然抱持著過剩的情感。美菜仍然是比其他人重要許多的人，也想和美菜在一起。但其他女學生在說的那些事情（接吻或者更進一步）卻也不曾想和美菜去做（就連夢中也沒發生過）。

內海義也是個非常穩重的學生。但他並非總是孤零零，而是和班上那些性格比較溫厚的男學生們一起行動。因此內海義也居然交出了一張空白的升學意願表，讓人稍稍吃了一驚。畢竟就連阿伊也覺得，那種事情應該是班上相當顯眼的人才會做的。

內海義也被班導師找去，詢問他為何交了一張空白的升學意願表。而他的回答也默默地傳了開來，他本人也就更加受到大家矚目。

內海義也說，因為他打算成為職業音樂人。他不要一邊上大學一邊玩音樂，而是非常認真想成為職業的，所以不需要升學。

當然大家都非常驚訝。畢竟完全沒有人知道他在玩音樂，而且還是木貝斯呢（也有學生根本無法理解木貝斯是什麼樣的樂器），而他竟然說為了木貝斯要放棄升學，更何況他還是在這所升學學校。

老師非常努力說服他盡可能升學，但他的意志非常堅定。而且他的父母也贊成這件事情，因此完全沒有轉圜餘地。

內海成為整個學年最受矚目的人物。他玩的是爵士音樂，其實已經有和職業音樂家（他的叔父）合奏演出。雖然說是他親生叔父，但畢竟人家也確實是職業級。

對方肯定他真的有才能，已經決定在他畢業後，要與爵士鋼琴手叔父以及低音薩克斯風手共三人一起展開音樂活動。

就像那些認為他非常閃耀動人的女學生一樣，阿伊也意識到他的存在。而且非常強烈。

他剛滿十八歲，一口咬定不相信自己的未來有一定走向，這令阿伊無法置信。雖然他有相當的才華，但是離開升學學校、投身於音樂那個充滿不確定的世界當中，對於阿伊來說實在太過驚奇。

和父母說了這件事情以後，兩位都贊同他，丹尼爾甚至為那不曾見過面的內海義也送上喝采。雖然也是因為他喜歡爵士（對他來說塞隆尼斯・孟克可是永遠的英雄），但他們稱讚的理由幾乎和阿伊一樣。如此年輕就能夠強悍決定自己的人生，以及對於音樂的熱情。

「阿伊妳也是，只要選擇妳自己喜歡的道路就好囉。大學並非一切。」

丹尼爾非常溫柔，無論何時都會尊重阿伊的心情。

當丹尼爾看著阿伊的時候，阿伊總會想起那時在康尼島的事情。那刻意彎下龐大身軀、讓視線與阿伊等高，始終等待著阿伊開口說出期望的丹尼爾。

但就如同那時一般，阿伊完全不期望自己的心情受到尊重。她希望有人幫自己決定。因為她想要套上俐落的制服、想要待在由數學決定而井然有序、條理分明的世界。

「我要考試。畢竟學歷也不妨礙什麼。」

真的很可怕。要自己決定人生、要選擇。

阿伊以自己平常的成績排名能考上的最好大學為目標。因為阿伊非常仰賴以一清二楚數字寫出來的排名，以及不公開給所有學生的成績這種東西。

「妳認識內海同學嗎？」

下課後，阿伊和美菜很難得一起去逛逛。從離學校最近的那一站算起，過兩站就是轉運站，有許多電車路線在此交錯，也有很大的鬧區。有時候學校老師會來這兒突襲巡邏。

美菜和阿伊走向鬧區的反方向，進了一間速食連鎖店，美菜點了可樂、阿伊啜飲著蘋果汁。雖然速食店是父母最討厭的店家，不過阿伊知道父母對於阿伊會偷偷地自己和朋友來這種店家感到高興。上了高中認識美菜，阿伊忽然真的變得像是個普通的青少女這件事情，似乎讓父母感到相當興奮。

「內海同學，是那位玩爵士的嗎？」

「對，妳知道呀。」

「知道呀，他很有名。說不升學要當職業音樂人對吧？」

顯然傳聞已經流傳得廣到連文組、而且還是對其他同學不太有興趣的美菜都聽說了。阿伊覺得胸口一陣刺痛。

「啊，他跟妳同班嗎？」

「是呀。」

「噢……是什麼樣的人？」

明明是自己提起的，卻不想再向美菜多說些什麼內海義也的事情。不，並非不想，而是總覺得有些痛苦。

「什麼樣的人……我跟他不太熟。」

「有聊過天嗎？」

只有一次。

「左撇子。」

生物課分組實驗上，阿伊負責記錄，而義也在一旁說了這麼一句話。阿伊咦了一聲之後，義也相當困惑地說：「咦？啊，妳是在用右手寫？」

阿伊雖然是右撇子，但不管在寫什麼，寫字的時候總是習慣將手腕向內嚴重彎曲。這樣看起來似乎很像是左撇子的人在用左手寫字。

「啊，對。我是右撇子，但寫字的方式很奇怪。」

「與其說是奇怪，嗯……應該說看起來真的很像左撇子。我自己是左撇子，還以為是一樣的寫字方式呢。」

「這樣啊。」

就只有這樣。與其說是聊天，還不如說是有幾句對話。就算想著要再多說幾句，阿伊的口中卻始終沒有冒出下一句。除了看著自己的右手不禁覺得有些羞愧外，也是由於向阿伊搭話的那聲音，在同學當中有著特別低沉穩重的聲調。

「好厲害喔，職業耶！」
「嗯，很厲害。」
之後就未曾再與義也說過隻字片語。自從義也變有名以後就更不可能了。雖然沒辦法阻止自己用眼睛追著義也跑，但義野若是稍稍往這兒看過來，阿伊就低下了視線。
「我自己是非常隨興地要去附屬大學而已，根本沒有什麼夢想。」
要開口談義也的事情明明很痛苦，但要結束這個話題卻也感到寂寞。阿伊弄不明白自己的心情。
「但是，妳總有一天要定居紐約吧？」
「說是想搬去，但真的只是想住在那兒，還沒有思考去了那裡之後要做什麼啊。」
「但那樣也是非常棒的夢想啊。」
「妳好溫柔！不要太寵我啦！」
美菜在頭上亂摸一把讓阿伊小聲尖叫了一下。周遭的客人看向阿伊她們，但沒多久就回到了各自的世界。

如果這樣摸我頭、把頭髮弄亂的人是內海義也的話，那麼我會怎麼想呢？義也說他是左撇子，彈奏著木貝斯這種我所不明白的樂器。那隻左手會怎麼樣觸摸我的頭呢？這樣一想就覺得身體發燙。

阿伊偷瞄了美菜一眼。美菜似乎是收到了某個人的來訊而正拿起手機。不知為何覺得剛才的想像好似背叛了美菜，阿伊不禁垂下眼。

在過年前不久，美菜告知了她的性向。打著升學考試前的舒壓名義，阿伊和美菜一起去吃午飯、買東西，度過一個平凡無奇的寒假日子。

不知是說到了什麼，美菜告訴阿伊「我喜歡女孩子」的時候，阿伊回想起輕井澤的那個夜晚。當母親說妳們可以聊聊喜歡的男孩子時，自己覺得美菜看起來露出了有些悲傷的表情。那個晚上自己是這麼想的。

阿伊和美菜在常去的那間速食店裡。

「當初我自己也嚇了一跳。不過事情就是這樣啦。」

美菜就像是在聊電影的感想一樣，淡淡地將事實告知阿伊。或許她是盡可能努力以平凡無奇的語氣述說，但阿伊還是認為應該完全接受她的告白。

「我國中二年級的時候才明確發現這件事情。發現我自己的心情。原來我喜歡女生。」

美菜沒有轉開眼神，看起來也不像有任何羞愧。但是她那率直的眼瞳當中卻有著些許動搖，令人明白這分告白還是需要勇氣的。阿伊真想緊緊擁抱美菜。雖然並沒有這麼做，但是她以強烈擁抱的心情直直望著美菜。

「這樣啊。」

「這是我第一次說出來。啊，不過網路上有那種留言板，我有和相同性向的人聊一些相關的事情，不過嗯……這是我第一次告訴異性戀朋友。」

自己是「異性戀」。阿伊總覺得重新審視了自己。

「阿伊是第一個。」

而且對於美菜把自己做為「第一個」也感到開心。

「美菜。」

「嗯？」

「謝謝妳告訴我。」

在國中的時候發現自己的性向，而且還了解自己與其他人並不相同，是種什麼樣的心情呢？

從進高中起，就覺得美菜與其他人看起來不一樣。感覺非常成熟，身上總帶著一種相當看開世事的氛圍。開始與她往來以後才發現並非如此，其實美菜是個天真無邪的青少女，但她仍與別人有些不同。或許那是在國高中生這種情緒敏感的時期，發現自己比較「特別」的人類所擁有的氛圍。

「哎呀，終於鬆了口氣！先前就一直想跟妳說了，但總是，妳知道的。」

「謝謝妳告訴我，真的很謝謝。」

「謝謝妳，阿伊。我真的是鬆了口氣。因為我真的很喜歡妳，啊，這是指朋友之間的喜歡。要對這種朋友，我最好的朋友隱瞞事情實在很痛苦。」

最好的朋友。我們是最好的朋友。阿伊緊握著自己的雙手，略略流了些汗。

「既然如此我就順便說了吧，我有喜歡的對象了。」

「是喔？」

「與其說是喜歡，其實是已經在交往了啦。」
「咦——這樣啊！是什麼樣的人？」
這種看起來就像女高中生的時間真令人開心。我們現在第一次談起了「喜歡的人」。美菜的臉紅到耳朵，想來自己應該也是吧。
「我想她應該很溫柔，也很風趣。」
「應該？」
「哎唷好丟臉，妳不可以笑我喔？」
「其實啊，我還沒見過她。」
「咦？」
美菜與對方是在剛才說的那種留言板上認識的，她們互相回對方的留言，之後進展到「想兩人單獨對話」。因此交換了聯絡方式以後，互相提供自己的資訊。
「所以我們就交往了。」
「交往嗎？可是妳還不認識對方吧？」
「我認識呀。她二十三歲，目前正在學習美容理髮、喜歡黑色衣服和狗、有鼻環、不吃早餐。她也有傳照片給我。頭髮剪短染成銀色，超棒的。」

「可是，」阿伊忍不住插話。

那也有可能是騙人的呀。原本是想這樣說的。

或許她不是二十三歲、沒有在學美容理髮、討厭黑色衣服和狗、連個耳環也沒有，只是隨便拿別人的照片打算要美菜罷了。不，或許甚至是打算利用美菜去做什麼壞事的大壞蛋呢？

「妳也有傳照片給對方嗎？」

「有啊。她說喜歡我的長髮。」

看著說這些話的美菜，阿伊不禁啞然。美菜雙目溼潤，但那肯定不是因為哭泣。既不是因為有什麼痛苦之事、也不是因為感到悲傷；更不是對於什麼事情感激又或者是喜悅，只是想到對方便雙眼閃爍。

美菜在談戀愛。

阿伊想著，就算對方可能不存在，美菜還是喜歡「那個人」。

「很傻對吧？我知道的。但我還是喜歡她。」

美菜是個聰慧的孩子，阿伊非常明白這點。

阿伊能夠想到的事情，美菜肯定也已經想過了。說不定是騙人的、說不定對方只是想逗自己玩。傳給對方的照片可能會被拿去做壞事。但美菜還是不顧這一切危險，縱身躍進戀情當中。

「才不傻呢，真的。」

「是嗎？」

「嗯，美菜真的很厲害，這樣很帥氣呀。」

美菜真的很帥氣。國中的時候就了解自己的性向，以猛烈的方式得知自己與他人不同、然後接受這件事情，美菜就是這樣活過來的。而且她不對這件事情感到羞恥又或者是大聲嚷嚷，而是這樣對著自己傾訴。

「謝謝。所以我才這麼喜歡妳。」

「咦？」

美菜的話語有點令人意外。

「阿伊總是不會評判我。因為阿伊只會用自己的眼睛好好看我是什麼樣的人、然後認同我，所以我喜歡妳。」

阿伊忍不住垂下眼睛。因為這實在令人害羞，總覺得無法看向美菜。

「啊，再次聲明，不是那種喜歡喔！真的！妳是我最好的朋友。我也經常跟阿桂說妳的事情。」

「阿桂？」

「啊，就是，那個人啦。」

不說是男朋友呢，阿伊想著。美菜的世界有美菜世界的規則，阿伊已經開始盡可能留心不能以不經意的話語傷害美菜。

「她叫阿桂呀。」

「是啊。我跟她說了妳的事情，她也說很想見妳呢。」

「她住在哪裡？」

「紐約。」

所以美菜才會說想要去紐約呀。她並不是想要和阿伊一起去紐約，只是想要見阿桂而已。阿伊第一次感覺到如此寂寞。美菜接受了自己的性向、然後陷入戀情，能夠以好朋友的身分支持她這件事情應該是最令人高興的了，但是想到美菜的日常生活中有自己不在的時刻，便感到寂寞。

「聽說真的是很開心的城鎮呢。阿伊以前是住在布魯克林高地對吧？我告訴她說妳住在那兒，她很驚訝，說是有錢人呢。」

真不希望她向阿桂說自己的事情，而且也不希望被認為是「有錢人」，卻沒辦法把這件事情說出口。從美菜身上飄出了滿滿甜蜜的氣息，那股甜蜜蜜的氣息完美到讓阿伊無法趁隙而入。

但是阿伊沒聽見那個聲音。

「這個世界上，i並不存在。」

那個總是飄蕩在阿伊身邊的話語。此時阿伊才發現這件事情。

在美菜身邊的時候，從不曾聽見那個聲音。

阿伊不禁愕然。不僅是自己獨自一人的時候，不管與誰在一起……就算是和父母在一起，也都會聽見那個聲音。那個聲音的存在彷彿理所當然、幾乎已經成為自己的一部分，但與美菜在一起的時候卻完全聽不見。

阿伊再次看向美菜。美菜雖然完全被戀情沖昏了頭，但仍然是阿伊的好朋友。她是因為阿伊是自己的好朋友，所以與阿伊分享自己的戀情。只要有美菜在，就能夠毫不質疑自己存在於此的事情。阿伊再次想要緊緊擁抱美菜。雖然不能這麼做，但是抱持著這種想法看著美菜。

「怎麼了？」

「沒有，沒什麼事啊。」

「什麼嘛，總覺得好害羞喔。可是啊，」

「可是？」

「有妳在真是太好了。」

i

2

二〇〇七年，阿伊考上了國立大學的理工學系數學科。

畢業典禮的時候阿伊並沒有哭，美菜也沒有哭。這間高中當中幾乎學生都會升上附屬的大學，因此畢業典禮並不是告別的儀式，而是像園遊會或運動會那樣屬於慶祝活動的一種。雖然也有其他人和阿伊一樣去其他大學，但畢竟也都還是在東京。

就只有內海義也不同。雖然他也幾乎是在東京活動，但是他要成為音樂人。另外也有學生要前往美國的大學或者英國的大學，但並不像內海義也那樣讓人感到非常震驚。就因為有他在，所以今年成了一個相當不尋常的畢業典禮。學生們無法壓抑自己的興奮，他的身邊擠滿了要求合照的男女學生們。

阿伊遠遠地望著那片混亂。班上同學和美菜已經互相拍了各式各樣的照片。阿伊手上緊握著幾乎只是在等待用來收藏自己與義也合照的手機，卻動彈不得。「可以一起拍張照片嗎？」這句話無論如何就是說不出口。雖然夢想著義也會發現自己，然後向自己走過來。但是這種事情當然不可能發生。

「這個世界上，i並不存在。」

自己和義也只曾在生物課的那一瞬間說過話，就連眼睛都沒對上過。結果一直到美菜來催自己回家，阿伊都沒有看向義也。之後卻在街道上、在大學中，尋找著不可能存在的義也身影。搜尋網路、收集著自己不可能前往的演奏會資訊。螢幕中的義也鮮明且確實地朝著自己決定的未來前進。

大學當中有各式各樣的學生。是在高中的時候完全無法想像、多樣化的各式人類。

但阿伊的容貌在當中仍然屬於非常特殊的。

大家似乎都認為阿伊是留學生。因為校園當中也有和阿伊一樣與日本人有著不同面貌的學生，就算是容貌看上去幾乎相同，但仍有許多學生能夠以動作及講話方式來區分相異之處。不過沒有多久之後，大家便知道了阿伊雖然有美國國籍但是和日本人住在一起（這點對阿伊來說很重要的）、並且是通過正當考試進入這所大學。一如以往。

但是阿伊發現自己的存在比起國中和高中的時候，又更加淡薄了一些。雖然仍是屬於特殊的人，但那特殊的輪廓就像是變得比較柔和了一些，阿伊有這樣的感覺。

原因在於寬闊。大學非常的寬廣，而當中有非常多、真的非常多的人聚集在當中。有前面提到的留學生，還有幾乎可稱之為老人的社會人士來聽課，有穿著全身哥德蘿莉塔服裝的學生、不知為何穿著西裝來上學的人，甚至還有臉上穿環的人。

也就是真的非常五彩繽紛。

這種五彩繽紛感是阿伊過去曾經體驗過的。在紐約、在布魯克林、在小學裡。但阿伊並未產生那時候孤獨到像是呼吸困難的感受。不，是已經能夠裝作沒有感覺了。

說不定這就是成為大人，阿伊想著。阿伊雖然才十八歲，卻已經覺得十年前的自己……也就是八歲的時候令人感到懷念。那個感受到自己被強迫必須要擁有意志、要擁有自己的個性而心生膽怯，想要自社會隱身的自己……阿伊第一次有種想要緊緊擁抱她的心情。

當然，即使到了現在，也還是明白自己被要求需要擁有自我意志，以及自己的個性。而且在阿伊的科系當中還是男孩子比較多，在五十多名學生當中，包含阿伊在內，女性也只有三位。再怎麼討厭，仍然是處在一個鶴立雞群的環境當中，阿伊的個性也就顯得十分鮮明。

但是阿伊已經能夠順利融入。來日本幾年之後培養起來的並不僅僅是學力，同時也包含了某個程度的社交能力、以較為溫和的方式表達自己所想的事情（又或者不這麼想的事情）的技術，還有自己逃避現實的能力。過去那個因為被追問意見，在認真思考過後依然不得而知，結果哭了起來的自己，那個小小的女孩子已經不在這兒了。

聽說安潔莉娜・裘莉和布萊特・彼得領養了第三個孩子帕克斯・提恩的時候，也不像先前那樣絕望地想問問帕克斯本人的意見。在詢問他對於自己的環境作何感想之前，已經能夠打從心底祝福他。阿伊當然也已經克服了對於父母性行為之事的恐懼；也幾乎不需要努力就能夠忘記敘利亞的事情。

阿伊略略覺得自己有重生的感覺。雖然沒有太大的變化，卻非常地戲劇性。就像是水中的生物來到陸地上，然後非常順利地開始用肺部呼吸那樣的感覺。

但另一方面，非常普通的十八、九歲年輕人自我意識卻沒來由地變強了。阿伊無論如何都對於自己的容貌感到非常羞愧。

阿伊已經變得有些肥胖。在準備考試的期間，實在不該在三更半夜亂吃東西。胸部膨脹得像哈密瓜一樣、手腫到出現笑窩般的凹洞、腰圍大概是纖細女學生的兩倍。原本就非常豐盈的髮絲更加黑到發亮、下巴還長了大大顆的青春痘。

對於容貌的心結日漸深重，幾乎越是這麼想，念頭的重量就轉移到體重上。因此阿伊喜歡黑襯衫和黑長褲。這樣能讓自己多少看起來稍微瘦一點點，而且也能夠看起來盡可能不顯眼。

「妳還年輕呀，怎麼不穿更花俏一點的衣服呢？」

綾子十分難得稍稍抱怨了阿伊。

「妳的臉龐其實很漂亮的，穿明亮的顏色一定很好看。」

這樣的話，何不幫我決定我每天要穿的服裝呢？真希望全身都能穿著綾子認為好的服裝，完全不需要自己決定。但這種事情阿伊當然說不出口。

「說得也是。」

嘴上這樣回著，但阿伊的手仍然每天都伸向黑色服裝。不知何時起，那些服裝對於阿伊來說就像是喪服一樣。

四月二十五日，衣索比亞的索馬里州一間中國企業石油相關公司「中國石油化工」的油田開發區遭到武裝集團攻擊，員工有七十四人死亡。那是一場由穆罕默德・歐瑪領導的歐加登民族解放陣線引發的恐怖攻擊。

阿伊的筆記本已經破破爛爛。她總是隨身攜帶那毫無人情味的大學筆記本。收放著那記錄無止盡死者人數筆記本的，依然是黑色的包包。

黑色讓阿伊感到心情穩定。自己如此肥胖，已經距離幼年時期所見過的那些「無法拿到自己想要東西的孩子們」非常遙遠，阿伊因此感到羞愧。那種羞愧感遠比容貌上的心結來得強烈許多，她希望自己是這麼想的。自己並不是因為憧憬著有魅力的外貌而覺得肥胖非常丟臉，而是因為世界上明明有餓死的孩子，自己卻處在一個能攝取過剩卡路里的環境當中，因此感到羞愧，她希望自己是這麼想的。

能夠順利融入大家以後，想起「那些孩子」的次數也慢慢減少。大概就是在洗手間塗抹著甜甜香氣的護唇膏時、在福利社買的三明治掉到地上的時候，「那些孩子們」才會忽然現身。但在其他的時間，阿伊幾乎不曾再與他們對峙。

阿伊就像是執行義務一樣，持續將死者寫在筆記本上。會隨身攜帶筆記本，也是為了不想忘記那些死者。也就是說，阿伊的日常生活已經比那些遠方發生的事情要來得堅定，甚至必須讓自己想著「不想忘記」才行。自己一直發胖的事情遠比那些語言不同、不知名者受苦的事情還要痛苦；現在自己所懷抱的煩惱也遠比那些文化不同、不知名的死者還要讓人心煩。

阿伊的少女時代就要結束了。

阿伊感到自己就像被撕裂了一般。一方面強烈希望內心那個詛咒自己的枷鎖原先強韌無比的力量能夠縮小，卻又萬分厭惡逐漸感到解脫的自己。阿伊也萬分驚嘆自己明明覺得內心像是要被撕裂，卻能夠表面上每天都過得活力十足。那種想法在內心分明相當明確，真實地在侵蝕著阿伊，但是成為「大人」的自己，卻能夠裝作若無其事，同時又對於能夠裝成若無其事樣貌的自己感到羞愧。

十一月十一日，氣旋錫德在孟加拉灣生成，於數日後登陸孟加拉的達卡一帶，造成四千兩百三十四名死者與失蹤者。

十二月三十一日，在肯亞由於對總統選舉結果感到不滿的勢力引發暴動，結果造成一千多人死亡。

阿伊在瘦下來以前便升上了二年級。沒有人發現她那被撕裂的內心，而在這段時間內世界上的死者也持續增加。

「這個世界上，i並不存在。」

學習課業很愉快。

那高中時期就迷上的數學，更加吸引成為大學生的阿伊。

數學系和工學等科系不同，並不是為了要幫助其他知識而利用數學，是在於追究數學這個學問本身。由於不受時間的限制、也不需要做實驗等，因此學生們各自埋頭於算式（話雖如此，幾乎沒有數字可言）當中，也就是相當極端與「外部」並無接觸。

阿伊能夠不覺得「個性」令她感到痛苦，除了她自己的努力以外，也有很大的因素是處在這樣的環境當中。在此，大家各自埋頭於自己的世界當中，幾乎不太將注意力放在其他事物上。

班上的同學會選擇這個科系的理由雖然也是因人而異，但有許多學生是在國中或者高中的時候因為受到某個定理的吸引，埋頭研究以後很自然地選擇了這個科系。

有個叫做奧田的學生，是在國中的時候沉迷於畢氏定理之美，但沒有朋友能夠讓他分享這種美麗。他原先參加的是運動社團，算是比較外向而社交型的人，卻因為無法與人分享自己喜歡的東西而感到寂寞，結果變得越來越內向。在這個無人能夠理解的世界當中，唯有自己鼎然而立一路走來，像奧田這樣的學生還有很多（實際上可以說阿伊也是如此）。

畢竟好不容易遇上了能夠分享這個世界的夥伴們，照道理說應該可以互相擁抱而歡欣鼓舞，但到了此時，同年代之人應該會有的那種對於各式各樣東西的慾望，早不知道被他們遺忘在何處了（又或者是慾望產生了相當大的偏差）。雖然他們的理由與阿伊並不相同，但幾乎所有的學生看起來都對於「服裝打扮」沒什麼興趣，由於不太在意服裝，甚至也有學生反而一派自然地穿著那種刺眼的黃綠色，或者橘色等相當誇張的服裝。

僧侶。

這是阿伊想到的。

大家看起來都如同僧侶一般，而且是不需要與煩惱奮戰的僧侶。也有許多纖瘦的學生。他們就是連對於吃東西都沒什麼興趣。在他們之間阿伊很明顯太胖了，但因為相信這個系上並沒有會說自己閒話的學生，所以能好好待著。就算站到講臺上在黑板上寫算式，大家看的也不是阿伊那巨大的臀部，而是純粹美麗的算式；在休息區向教授請教問題時，大家看的也都不是阿伊那粗壯的手指，而是那純粹令人感到神祕的定理。

教授也大多是怪人。有位叫做笹谷的分析數學教授總是喃喃自語地從走廊經過；一位教群論的峠教授沒有自己的辦公桌、討厭坐下來。他總是把紙張壓在牆壁或者窗戶上，站著寫算式。沒有任何人對於阿伊的出身或者阿伊本身有興趣。

只要在系上，阿伊就可以說是完全匿名，可以當一個無臉人。不知何時起阿伊也與他們一樣，慾望完全消滅而埋頭用功（雖然無法抑制對於甜食的慾望）。內心受到黎曼球面概念的震撼、被留數定理的強悍吸引、看著解析延拓的難題呻吟。

世界還是一樣殘酷，痛苦與死亡永無止境。但就只有埋頭於數學當中的時候能夠完全忘掉那件事情，也不會有「別忘掉」的罪惡感。數學本身有著非常堅強的力量。要導出定理的路途上，別說是其他人了，就連自己的心情都沒有踏進一步的餘地。在黑暗中摸索、尋求著答案的時候，阿伊幾乎融合在黑暗當中、迷失了自我。

但是數學的世界比任何東西都來得美麗。在那不需要意義的場所當中，就只有那份美麗閃爍著光輝。阿伊並不知道還有哪種地方是這樣的世界。數學對於阿伊來說一直是一個未知的世界，是一個並不需要語言、習慣，或者其他任何事物的開闊世界。雖然與外界相連，卻又完美地斷絕而開闊。那種神祕感讓阿伊的心不離不棄。

二年級結束的時候，阿伊再次遇到了i。i×i＝−1，那個不可思議的數字。

i在英文當中是 **imaginary number**，也就是「想像中的數字」，這件事情是進了大學以後才知道的。想像中的數字，這聽起來多麼有魅力又神祕啊。

但是高中時感受到的那種靜謐的安寧與絕對的絕望，依然栩栩如生地存在阿伊的心中。

「這個世界上，i並不存在。」

鬆了口氣，卻又感到寂寞。

走出系上建築物的瞬間，那句話就會在所有地方響起。穿過學校大門的時候、在學生餐廳買餐券的時候、和其他談笑風生的學生們擦肩而過的時候。

其他系上的女學生，彷彿是在其他世界。

各式各樣妝容的女學生進入各式各樣的社團，完全就是高歌著學生生活。阿伊無法欽羨那種美貌，也裝作沒看見那些饒不得人的男學生評判。數學系就像是一個保護著阿伊的監牢。如果i是想像中的數字，那麼若是沒有人想像著自己的事情，自己是否就不存在這個世界上呢？阿伊變得越來越內向，而那內向的世界卻日漸豐饒。

上了大學以後，一家人仍然會與美菜一起去輕井澤旅行。

某年夏天，美菜現身的時候已剪去那長長的頭髮，讓阿伊一家人嚇了一跳。

「我想要清爽一點。」

她的髮絲只到下巴左右，而且仍然美麗。但裸露出來的頸項與下顎線條，卻讓美菜看起來像是別人一樣。

「美菜！妳變好多！很適合妳呢！」

美菜笑得非常開心，從她綻開的嘴角邊看見了牙套。

「我還去做了牙齒矯正。因為是做在裡面，所以不太明顯對吧？」

美菜的變化實在令人瞠目結舌。那原先纖細的身體長出了肌肉、膚色也晒得非常健康，牙齒彷彿漂白過般如珍珠閃爍著光芒，低腰牛仔褲下露出的腳尖，趾甲都做了漂亮的裝飾。

「我最近迷上了衝浪。」

「衝浪！好棒喔！」

綾子和丹尼爾也都大為稱讚美菜這戲劇性的變化。丹尼爾在年輕的時候似乎也曾經在西海岸玩過衝浪，知道美菜會踩短板，眼睛睜大了讚嘆著：「真的是很厲害呢！」

「一年前還覺得是個漂亮的女孩子，現在可是個帥氣的淑女了呢！」

美菜聽見綾子和丹尼爾的誇獎，似乎非常開心。記得有一次來輕井澤的時候，美菜曾經說過比起自己的爸媽，更喜歡他們兩位。

「要是你們是我的爸媽就好了呢！」

現在的美菜與當時天真無邪說這話的美菜恍若他人。而在如此戲劇化的轉變當中，只有阿伊發現美菜頭髮的氣味與以前不同。

「妳換了洗髮精？」

「哇！不愧是阿伊！連這種事情都發現了！」

美菜睜大了眼睛。

美菜父母親對她的干涉似乎仍然持續著。學校放長假時，要打工也只准她在老家昆布店工作；聽說相親的事情也逼得越來越緊。美菜明明才剛剛成人，母親卻已經拿了超過二十組相親照片給她。

「妳能相信嗎？」

美菜的哥哥離家出走了。美菜非常羨慕哥哥從所謂的血緣當中逃離，自由自在走在人生道路上。

「當然我想哥哥也有很多自己的想法啦。畢竟他是拖油瓶，而新爸爸又說能夠繼承店面的只有與自己血緣相繫的人，所以他當然就更不想繼承店面了，畢竟這種待遇實在很糟糕。就好像在說自己並不是這家的家人一樣。不過相對的也很自由啊。」

美菜在自由二字上加重了語氣。

「和喜歡的人戀愛，生不生小孩沒有什麼關係，沒有任何枷鎖、活出自己的人生。現在的我根本沒有自己的人生。不只是我而已，連孩子的人生都被人決定好了！」

阿伊並沒有問她是否已經告訴父母自己的性向。對方為了不斷絕家族血緣而逼人生小孩，想來也不太可能告訴他們這種事情。

「妳有說過想要跟喜歡的人結婚嗎？」

「才沒有！他們絕對會打破砂鍋問到底，搞不好還會派偵探來跟蹤我呢。那些人絕對做得出這種事情。」

那位情人在美菜進入大學之後，兩人馬上就分手了（如果說她們算是有在交往的話），美菜會大膽地改變自己的形象，也是因為和那個情人別離、然後認識了新的情人的關係。

「她是蝶式游泳的選手，肌肉很棒呢。」

當然衝浪也是那位情人教的。年長四歲的卡車司機和美菜並不是在網路上認識，而是在酒吧遇到的。是那種聚集了和美菜同一性向者的酒吧。

「阿伊呢？有喜歡的人了嗎？」

還是一樣沒有喜歡的人也沒有情人。阿伊已經徹底確定自己的性向完全沒有同性之愛。在聽了美菜告白之後，阿伊學習了很多關於ＬＧＢＴ的事情。雖然那是為了更加了解美菜，卻也自動地更加了解自己，自己並不屬於ＬＧＢＴ族群的任何一種。

那不過是思春期一種淡淡的迷惘。非常重視出生以來第一次交到的好朋友，把那種心情誤認為戀愛，是年輕人特有的美感。明明才幾年前而已，阿伊卻覺得過去的自己是多麼耀眼。

「完全沒有呀。」

「咦？妳還是一直都在唸書啊？」

雖然是這樣說，但阿伊明白美菜並沒有把她當成傻瓜。不過阿伊明白，自己真的「一直都只有在唸書」這件事情，在社會上肯定是會遭到嘲諷的。

「妳也沒有去打工嗎？」

的確如此。阿伊一直住在老家，而且是個頗為小康的老家，因此連短期的打工都沒有做過。不過系上也有很多這樣的學生，同時也對於其他學生是否有去打工根本毫無興趣。整個系上完全肯定阿伊的環境。不，其實根本沒有所謂的認知，但至少並未加以否定。沒有人阻止阿伊如此內向、也沒有人阻止她繼續胖下去。只要有定理的美麗就夠了。

「阿伊妳也來衝浪嘛！真的很舒服唷！」

話雖如此，這種身體是要怎麼乘風破浪啊！畢竟是非常溫柔的美菜，肯定是兜圈子告訴她「妳得瘦一些」，但自己實在無法想像要拖著這副身軀去海邊。

「很難吧？」

「一開始啦。但是只要曾經搭上浪頭，就會覺得實在太舒服了，什麼事情都忘掉囉！」

想來應該真是如此吧。

美菜原先戀慕的那位女性喜歡黑色服裝和黑色的狗，然而現在的美菜卻健康許多、並且閃閃發光。那就好像是從身體內部發光一樣。又或者同年紀的女孩子們都是這樣也不一定。因為在學校擦身而過的那些女學生們，大家也都閃閃發亮到令人眩目。阿伊再次對於自己的容貌感到羞愧。自己依賴環境而完全不需要努力，想來是完全受到「女大學生」這個標籤完美迴避的吧。

「我呀，在這次輕井澤休假結束以後，打算去洛杉磯旅行。」

「不是紐約啊？」

「紐約我將來也要去啊，我是有想要去的啦，」美菜不知是否為了安撫阿伊而稍微大聲了些，「我現在真的很沉迷衝浪嘛。打工也存了一些錢，所以想說去久一點。」

「要和情人一起去嗎？」

「不，我自己去。」

阿伊認真得覺得美菜非常耀眼。雖然她說自己受到血緣束縛，但她是自由的。她能夠自己去喜歡的地方、擁有美麗的身體，在體內孕育著光芒。相較之下自己總是穿著黑色衣服、懷抱著相同顏色的內在，斷絕與世界的聯繫。

「美菜真的很厲害呢。」

這是打從心裡發出的感言，美菜聽了也非常高興。

「可以的話我打算就那樣住下去。」

美菜真的辦到了。第二年她去了洛杉磯留學，結果那成為她們最後一次輕井澤旅行。

美菜不在日本的期間，美國選出了他們史上第一位非洲血統的總統。以色列軍隊侵略加薩地區；北韓發射了彈道飛彈。阿伊的包包裡頭依然放了記載著死者數量的筆記本，她已經胖到七十四公斤。

二〇一〇年一月十三日，海地發生了芮氏規模七的大地震。

阿伊當然沒有忘記阿妮塔，也沒忘了卡塔莉娜、雷吉娜和佛羅倫絲。因此聽到新聞，腦海中最先浮現的便是她們。

那看起來像個孩子似的阿妮塔，後來生下的孩子應該也已經超過十歲了吧。那時候還不存在這個世界上的那孩子！

卡塔莉娜應該二十三歲了；雷吉娜與自己一樣是二十二歲，而佛羅倫絲二十一歲了。阿伊像個傻子似地點算她們的年齡。明明年齡應該是平等而確實地增加，但在阿伊的心中，她們依然是孩童的樣貌。而那並不是因為記憶中只有她們孩童時期的樣貌。

正如同那些遭到社會犧牲的孩子們一樣，她們在阿伊的心中一直沒有成長。雖然那三人或許現在已經處於令人難以置信的豐裕環境當中（並且阿伊也是打從心底如此希望），但只要阿伊腦海浮現她們孩提時代的樣貌，就無法抹去自己對於她們的罪惡感。她們曾經接收自己衣服的那瘦小身軀，始終沒有從阿伊的記憶中消失。換句話說，她們永遠都是站在「社會的犧牲者」那一邊的人。

父母也感到非常心痛。詢問綾子關於阿妮塔的狀況，綾子說「她應該在紐約唷」，這不是在回答阿伊，而是想要說服自己的說法，讓阿伊也不得不一驚。

「不聯絡她看看嗎？」

阿伊還記得綾子在九一一的時候曾和阿妮塔取得聯繫。那個時候除了阿妮塔以外，綾子還聯絡了帕烏索提亞，確認她們的安危。

「……已經過好久了，怎麼可能再去聯絡呢？說不定聯絡方式都換了哪。」

阿伊的心臟跳躍著不安的聲響。明明聯絡過去曾經雇用的保母的人應該不在少數，但綾子那陰鬱的表情卻遠比話語來得沉重。

如果沒有人知道該怎麼聯絡阿妮塔，就永遠不知道她們是否平安。無法聯繫上的話表示她們可能不在紐約，或許人是在海地呢？說到底為什麼綾子會與阿妮塔斷絕聯繫了呢？

電視上播出的海地影像萬分慘澹。由於長年處於不穩定的政治當中，因此首都太子港根本無法應對災害，大量的建築物崩毀、受到毀滅性的損傷。包含國會建築在內，幾乎所有的建築物都成了破碎的瓦礫，路上隨意放置身分不明的屍體，到處都有人掠奪各種東西。

阿伊反覆觀看海地的影像，看了好幾次。拚了命地尋找當中有沒有像是卡塔莉娜的人。要是畫面上照到身材矮小的女性，心臟就會驟然一緊想著該不會是阿妮塔吧？就算她們真的在那兒，樣子應該也已經改變了，但阿伊仍覺得一眼看見她們一定就能認出來。之後才發現這種想法本身有多麼愚蠢而傲慢。

更震驚的是發現自己竟下意識地一邊伸手拿零食在看著那些畫面。就只有發現的瞬間有種想吐的感覺。三更半夜裡在靜到會發出回音的房間當中，電腦上的影片光芒蒼白打在阿伊的臉龐上，這讓阿伊感到萬分不安，但零食仍然是那樣甜美而又有魅力。對於認為零食甜美而有魅力這件事情，阿伊感到相當羞愧。

到了學校，學生們正在為海地的地震募款。

那些手上拿著自製募款箱而高聲喊話的學生們，皮膚都是那樣閃閃發光、就連一片指甲都顯得美麗。阿伊甚至無法靠近她們。自己沒有打工、身上帶的是爸媽給的錢包、裡頭裝了爸媽給的錢，吃著甜美如夢般的零食而肥胖到這種程度，真希望沒人看見自己。就算她們與自己過的是相同的生活。

系上非常寧靜。

那兒有著數學的絕對靜謐，沒有任何東西能夠侵犯。雖然在系上也交到了幾位可以閒聊的朋友，但不曾和他們提起海地地震的話題。也不曾想著別提這件事情。

阿伊在那兒感到非常安心。她可以只想著自己的事情、想著自己正在推演的算式。那兒是唯一能夠讓她能夠別過頭不管社會、不讓自己浸淫於社會當中，卻不會對社會感到罪惡的場所。同時數學的美麗也能讓阿伊忘懷自己的醜惡，以及世界的扭曲。算式就只是算式、定理就只是定理，孤獨高傲而閃爍著光輝。

因此阿伊非常害怕即將到來的畢業，決定要進研究所。畢竟數學的溫柔拯救了自己，而且她非常害怕要進社會。要是出了社會，就沒辦法維持現在這樣了吧？坐在書桌前斷絕社會的音聲色彩，埋首於美麗世界的這段時間，是不被社會允許的吧？

阿伊的父母真的是非常寵她。阿伊說：「我還不知道要做些什麼，但想上研究所。」對於她這種沒頭沒腦的想法，輕易便接受了。甚至還說什麼要是找不到想做什麼的話，願意等到她找到想做的事情。就連阿伊都覺得父母實在是「太寵自己」了，但終究還是依賴那豐裕的資金以及豪華的房屋。父母應該還是會擔心阿伊，但擁有吹彈可破肌膚、還不明白何為性行為的阿伊，看起來就像是個少女。就像是還沒有辦法出社會的天真無瑕少女。阿伊更加快速地遠離了社會，自世界隱身。

阿伊升上四年級的同時，丹尼爾辭去了工作。

丹尼爾年紀將屆六十。他從以前就一直希望能夠提早退休，早早便宣稱想要過著悠然自得而舒適的老年生活，但其實是個喜歡工作的人。又或者他原先的打算是要工作到阿伊能夠獨立生活呢？這種想法讓阿伊感到痛苦，但她已經越來越擅長刻意閃開目光不去注視那些對於自己不利的事情。家裡真的很溫暖。

丹尼爾會辭去公司的工作，契機正是海地那場地震。

每當世界上發生了某個悲劇，丹尼爾便會捐出大量金錢，但是每年都這麼做也無法滿足他。因此某天他宣告要辭掉工作、透過認識的人加入人道救援團體去展開活動。綾子當然沒有反對。

丹尼爾從以前就是這樣了，一旦決定了某件事情，就活力十足地動了起來。就像是要展現自己的姓氏「ＷＩＬＤ」一般精力充沛地行動，看起來老年生活似乎會比在公司工作的時候還要忙碌呢。

「我已經不期望什麼悠然自得又舒適啦。」

父親的皺紋越來越深、髮絲也幾乎都轉白，卻在健身房鍛鍊起身體、為了某個人而行動，看起來就像是個朝氣蓬勃的青年。看著丹尼爾便能重新了解，年齡不過是個數字罷了。換句話說，二十二歲的阿伊並非因為她二十二歲就非常年輕。她早已不再擁有二十二歲該有的年輕，至少比丹尼爾還要來得疲倦，卻又比任何人都來得稚氣。

「阿妮塔的事情啊……」

綾子開口向阿伊提這件事情，是在丹尼爾飛往海地的第二天。

終於！阿伊想著。阿伊始終無法忘懷綾子說無法與阿妮塔取得聯繫時的表情。因為阿伊當時便發現了，這件事情比無法聯絡上帕烏索提亞來得嚴重許多，也就是綾子對於阿妮塔肯定有著某些想法。發現了，但並不想知道。畢竟想來並不是什麼動聽的話題。

「妳爸對海地的事情真的很熱心對吧？」

綾子將咖啡倒進杯中。紅色的杯子是阿伊的、綠色的杯子是丹尼爾的。綾子自己的杯子是白色的，但是每當丹尼爾不在的時候，她就會用丹尼爾的杯子。年紀老大不小的爸媽仍然如此相愛，這件事情總讓阿伊有種說不出的尷尬，同時也感到耀眼眩目。

「我想妳爸會對海地那麼熱心，也是因為阿妮塔的關係。」

阿伊還以為除了自己以外，沒有人心中如此強烈地留有阿妮塔的身影，尤其是像丹尼爾這樣的人。還以為他應該是那種很快就會遺忘與自己有關的人，完全向前看而邁步前進的。就像他在每個派對上那樣給人鮮明感的舉止。

「妳還記得阿妮塔忽然就不來我們家的事情嗎？」

綾子很難得與阿伊一樣穿著黑色服裝。但母親穿上黑色，就不像是喪服，看起來不過就是件美麗的衣裳。

「她離職的時候嗎？」

「是呀。」

「我記得之後帕烏索提亞就來了。」

「沒錯，妳記得真清楚！阿伊真是厲害！」

那是小學時候的事情。雖然應該是不會忘記，但在綾子心中的小學生阿伊肯定是非常小的孩子吧。即使綾子的信念是不把小孩子當小孩子看待，也仍然無法抵抗歲月的沉重。更何況無論情況有多麼的嚴苛，綾子仍然會率直表達自己的感嘆，這點讓阿伊覺得非常窩心。

竟然會覺得窩心，這種想法簡直就像是面對一個小孩子。阿伊以看待一個新認識之人的心情凝視著綾子。

「那個時候呀，其實並不是阿妮塔主動說要離職的。」

「不是因為懷孕了所以說要離職的嗎？」

「就算懷孕也能工作啊，阿妮塔希望能夠工作到生產前一刻。但是妳爸他……」

要說下去似乎還是挺艱困的。明明早就料到會是這種情況，但是對話往不愉快的方向走去，還是讓阿伊感到痛苦。

「……他很擔心嗎？」

「不，不是那樣。確實是解雇她。」

阿伊緊閉雙脣。腦海中浮現了阿妮塔、卡塔莉娜、雷吉娜和佛羅倫絲的臉龐，完全依照這個順序。而最後想起的是那有如孩子般瘦小的阿妮塔那隆起的腹部。

「拿了錢。」

綾子望向阿伊，沒有繼續說下去。想來肯定是不想用「偷」這個字眼吧。

「說是因為孩子增加了，無論如何都需要。」

阿妮塔以那樣小小的身軀，生了四個孩子。她實際上到底是幾歲呢？如果現在知道這件事情，肯定還有更多令人無法置信的事實。阿伊真想摀住耳朵。

「我有打算給她絕對夠用的薪水，這妳要相信我。」

阿伊點點頭，因為只能這樣做。

「我是真的很喜歡阿妮塔呀，所以告訴妳爸，這只是她一時的錯誤，還是原諒她吧。」

「然後？」

「然後妳爸說這樣不行。如果原諒她的話，這樣對於好好工作、完全沒有犯罪而認真生活的人太過失禮了。」

在問出口前先想過父親會說些什麼。但從綾子口中說出以後，感覺完全能夠理解丹尼爾會說出這種話。

正義之人、強悍之人。阿伊幾乎想不起父親曾因為什麼事情煩惱的樣貌。除了某個時候。至今為止的人生中，只在那一次見過丹尼爾流淚。阿伊不想看見流淚的丹尼爾，也不想知道他流淚的理由。現在也是。

「我那時很痛苦。真的非常痛苦。但那時妳爸還年輕。還年輕。總覺得似乎還有些其他該提的。但阿伊又想不到適當的話語。

「妳爸很在意阿妮塔的事情，一直都很在意。他年紀大了以後，大概就是幾年前吧，第一次告訴我說他對於阿妮塔的事情真的感到非常後悔。他看起來好痛苦。他說我只看到罪惡本身。我看的不是阿妮塔所做的事情，而是罪惡本身，所以才覺得無法原諒。但是阿妮塔為何會犯下罪惡、又為何不得不犯罪，卻沒辦法為她設身處地著想。」

「罪惡本身？」

「他是說，好比就像是打了某個人，這是絕對不可以的。但是不應該把焦點把在毆打這個行為本身而去糾舉對方，必須要去思考為什麼那個人會打人才行。暴力本身是不可取的行為，但是會走到那一步卻有各式各樣的原由，有人根本就不想打人，也有人無論如何都非打不可。」

阿伊聆聽著綾子的話語，一直看著自己的手。那是雙肥嘟嘟、關節下有凹陷，生活優渥之人的手。既沒有打過誰，也不曾有過忍耐著不去打誰的經驗。

「妳爸就像是個正義的化身對吧？但畢竟還是生活比較優渥。我想他沒辦法理解自己家裡沒有錢、然後去有錢的人家裡工作的那種狀況。當然，偷錢絕對是不當的行為。無論有什麼樣的理由，都不應該原諒對方。但是人類很脆弱。不是所有人都像爸爸那樣強悍。他沒辦法明白即使有好好領薪水，也還是覺得無可奈何的那種心情。」

生活優渥，這句話刺痛了阿伊。沒有錯，父母都是生活優渥的人。他們莫非也像自己一樣對於自身感到羞愧嗎？

或許正因如此，才會迎接我成為家人。

父親會對於賑災活動如此熱心，是否不僅僅是對於阿妮塔的贖罪，也是因為自己生活在優渥環境當中的罪惡感呢？那麼我會在這兒，就是父親與母親的慈善活動造成的結果。

「這個世界上，i並不存在。」

阿伊閉上雙眼，她不想看見自己的身軀。她不想看到那在優渥的生活環境當中，被允許能夠一直胖下去的那身軀。

「他先前就說想要辭職了，現在他所做的事情，應該從之前就對他來說非常重要。我想海地的事情當然是一個很大的契機，但我還是覺得他辭掉公司工作很好。」

綾子說到這兒便停了下來。想來她也發現了自己的語氣就像是要說服自己。

「沒跟阿妮塔……」明明不想知道，卻還是把話說出了口。阿伊馬上就後悔了，卻已經無法停下。「沒跟阿妮塔聯絡，也是因為這個理由嗎？」

馬上便能明白綾子那握住杯子的手使上了力。阿伊自己也是。

「九一一之後有聯絡到她吧？」

那個時候，綾子非常高興阿妮塔平安無事，記得是這樣沒有錯。

「阿妮塔呀，對於我聯絡她的事情似乎不是很高興。」

又或者那只是阿伊的誤會？綾子真的有提到阿妮塔的事情嗎？由於九一一本身過於震撼，那個時候的所有事情都朦朦朧朧的。就只清楚記得父母親聯絡所有認識的人，以及覺得自己「又苟活下來了。」。

「她不高興？」

「是啊。應該說，她很生氣。」

「很生氣?怎麼會……」

「她在電話裡是這麼說的。我呀，我們呀，應該早就從你們的人生當中消失了。」

阿伊覺得這話是現在對著自己說的。簡直就像自己正是目擊阿妮塔偷錢的人、開除了那懇求著自己的阿妮塔。

想來綾子一定對於阿妮塔說的一字一句都銘記在心吧。因為那些話語強烈到不能有一絲錯誤。所以想來阿妮塔說「我」然後又換成「我們」應該也是真的。因為那是非常重要的事情。丹尼爾，以及綾子，他們奪走的並非只是阿妮塔的工作，而是卡塔莉娜、雷吉娜和佛羅倫絲，以及將要出生的孩子的生活。

「她這樣說，也是無可厚非呢。」

綾子的咖啡都冷了。

阿妮塔太奇怪了。才不是媽妳不好。

身為女兒應該要這麼說的。實際上阿妮塔的確偷了錢，而這完全是違反契約的。而且原先綾子對阿妮塔真的很好。慰勞她、一起喝咖啡、招待她的女兒們來家裡，還把阿伊的舊衣服送給她們。

但是在對她們很好的那時，光是這份感情，就覺得阿妮塔不原諒綾子是正確的。即使是有金錢居中的明確雇用關係，只要世界上有著有錢可以雇用幫傭的人、與被雇用為幫傭的人這個圖表，想來阿妮塔的怒氣就是正當的。

阿伊想起了自己對於阿妮塔、卡塔莉娜、雷吉娜和佛羅倫絲所懷抱的那種可恨的罪惡感。

九一一的時候自己難道不是對於同學們，還有父母親那些生活優渥的朋友們，以及阿妮塔等人存活一事感到些許不同的安心感嗎？如果是在其他「環境優渥」的國家發生地震，以及在海地發生的地震，自己是不是會有不同的反應呢？

阿伊垂下了雙眼。好痛苦。繼續思考下去腦筋一定會變得很奇怪。阿伊看著自己的手。一直盯著看。自己那從未染上罪惡的手，但並非就是潔淨無瑕的雙手。

「這個世界上，i並不存在。」

丹尼爾一年之中有大半都住在團體根據地紐約。

當然綾子之後也追隨而去。只持有美國國籍的阿伊先前是以家人身分滯留於日本，既然丹尼爾離開了日本，阿伊就必須取得留學簽證。阿伊在這段時間得要獨居，當然這還離獨立非常遙遠，但也不能完全說是獨居。家裡還留著父母的杯子。

阿伊升上了研究所，生活幾乎毫無改變。

原本數學就是大家各自打造定理的學問，前往大學通勤並不是那麼重要，上了研究所更是如此。

研究所更加著重在打造概念這個行為。相較於有答案，更加傾向於若是如此定義，那麼就有可能打造出這樣的概念，使用這樣的思考方式前進。比方說對於首次定義相位這個概念的人來說，所謂相位是種彷彿「有」，但在那時還不存在世界上的東西。而他則以算式這種形態使其現身。

旁人看來沒有人能明白阿伊正在做什麼。阿伊雖然盡可能前往大學校園，但並非在那兒過著與其他年輕人無異的時間。阿伊在圖書館或沙龍，就像系上其他學生一樣，獨自集中於數學的世界當中。

一年很快就過去了。

關於海地那場地震的資訊，若是不主動去尋找的話就無法得知了。北非、中東發生了號稱為阿拉伯之春的革命，競相掀起民主化的浪潮。革命的浪潮也去到敘利亞，但那時還只不過是大馬士革市內會發生小規模示威的程度，簡單就被治安單位壓制。

然而到了三月，狀況卻急轉直下。敘利亞南部國境與約旦交接處的城鎮德拉，中學生們在牆壁上塗鴉寫著反政府的訊息。那原先只是孩子隨意的惡作劇，治安單位卻立即派員搜索並逮捕孩子們。最後造成了極大的示威活動，成為敘利亞長期動亂的開端。

敘利亞發生的這場動亂最後被稱為內戰，發生了數量難以置信的悲劇，但這時候的阿伊還不知道將來會演變至此。

放春假了。

那些日子根本自甘墮落。父母不在而阿伊獨自在家。雖然有時候會稍微打掃一下，但失去父母的房子總是略略積著一層灰塵、又過於寧靜，簡直像是個空屋。

阿伊每天中午過後才起床、隨便吃點東西，毫不猶豫地伸手去拿丹尼爾和綾子非常討厭的超商便當。有時候會前往常和美菜兩人一起去的速食店，也會回想起那時的事情，但那不過幾年前的事情，對阿伊來說已相當遙遠。

美菜似乎在洛杉磯過得很快樂。她和那卡車司機情人分手以後，又交到了一個烏克蘭血統的美國人米拉。

三月十一日下午，阿伊一如往常用Ｓｋｙｐｅ和美菜通話。

「是米拉&美菜唷，聽起來很像迪士尼的角色對吧？」

「噢對，是那個老鼠……」

「老鼠是米奇啦！」

「不是，那個……」

「是奇奇與蒂蒂吧？」

「對！那個不是老鼠嗎？」

「是松鼠啦！」

「噢，是松鼠喔？」

「真不敢相信！」

「咦，我們本來在講什麼？」

「在講什麼？」

「啊！是米拉和美菜啦！」

「我忘了！奇奇與蒂蒂？」

「對！不過如果是米拉＆美菜，比較像是雙胞胎魚？」

「魚？為什麼？」

「不知道耶。因為美菜有在衝浪？」

「不過米拉完全沒在玩呢。她真的非常居家，一直都待在家裡。又很安靜，好像貓咪。」

「那，就是貓咪姊妹囉。」

「迪士尼有貓咪角色嗎？」

和美菜的對話實在沒什麼內容。雖然完全不覺得在這些對話當中會產生什麼有意義的東西，但正因如此更是難能可貴的時間。兩人就只是為了繼續對話下去而說著話。每當面對美菜，阿伊總是會回到高中的時候。在教室、在輕井澤，當時一直無邊無際聊著而閃爍著光輝的時光，總是簡單地在阿伊心中甦醒。

「我們的對話要是其他人聽到了一定會說，這實在無聊得要死。」

「差不多吧。要是被竊聽的話該怎麼辦？」

「被ＣＩＡ竊聽？」

「ＦＢＩ啦！」

兩人說著毫無意義的話語，結束了通話。

嘴角上揚看著時鐘，是下午兩點四十五分。不知為何就這樣看著時鐘。就在指針指向下午兩點四十六分的瞬間，被一種被高高推起的感覺襲擊。那之後馬上變成強烈的橫向搖擺。

客廳裡書架上的書接二連三掉了下來。矮櫃上擺飾的各種東西也都掉了下來。放在桌上的杯子掉了、在地上一片破碎，那是丹尼爾的綠色杯子。看見那杯子，再次想起了現在只有自己一個人在家。想到的瞬間，恐怖才爬滿全身。

我一個人！

在思考這件事情的同時，搖晃仍未停止，甚至變得更加強烈。

得躲到桌子下才行、得要去把瓦斯關上、應該要打開大門……早已聽過數百次的防災知識在腦海中盤旋，卻無法辨到任何一件。阿伊只能緊緊抓住椅背。

無法相信剛剛自己還在和美菜聊些無聊事情呢。

「是松鼠啦！」

「那，就是貓咪姊妹囉。」

「我們的對話要是其他人聽到了一定會說，這實在無聊得要死。」

自己的聲音和美菜的聲音都像是另一個國度的話語般遙遠。雖然能夠理解發生什麼事情卻無法掌握。搖晃仍未停止。阿伊終於吶喊了起來，超大聲地喊著。但卻沒有人聽見那聲音，一直到很久之後，她也想不起自己喊了些什麼。

那是震源在三陸地區外海、芮氏規模高達九的地震。

「我馬上安排機票。」

綾子的聲音從未如此乾涸、卻如此強悍。

那不是地震結束後立刻聯絡上的電話。在地震結束以後聯繫上的那通電話，綾子和丹尼爾只單純地高興阿伊平安無事，然後說了些比較現實的建議。要準備好逃難工具。要在浴缸裡儲水唷。

但是地震之後聽說福島第一核電廠建築崩毀一事，阿伊的父母以嚴厲的聲音要阿伊離開日本。

「阿伊，妳過來這兒，馬上。」

阿伊盯著映照在畫面上的父母。

父親和母親都非常生氣。不是針對阿伊，而是針對東京電力公司和日本政府。但之後阿伊採取了相當奇妙的行動，讓兩人幾乎忘記怒意。阿伊表示她要留在日本、留在東京。

「阿伊，不行啦。不能這樣。」

美菜也聯絡了阿伊好幾次，要她離開日本過去加州。聽說美國的報紙刊登了日本報紙並未報導的事情，看來事態比阿伊想像得還要嚴重。現在自己正處於極為可怕的災害漩渦當中。

正因如此，阿伊覺得此時應該要留下來，她是這樣決定的。漩渦中，這詞彙綻放出強烈的光芒。

「阿伊，為什麼呢？」

丹尼爾與幾乎要哭出來的綾子相比，顯得沉穩許多。那種冷靜、像是要教誨他人的說話方式，自阿伊年幼起就沒變過。與那個在康尼島上，始終等待著阿伊話語的丹尼爾完全相同。但是這兒沒有射擊場，也沒有兜售棉花糖的布偶裝老虎、沒有會與自己擊掌的小丑。也沒有摩天輪、雲霄飛車或者任何阿伊打從心底想要的東西。這兒只有寧靜的屋子，以及那破碎的丹尼爾杯子。

「阿伊。」

這種時候，父親還是打算尊重自己的想法。他不會將人罵得狗血淋頭、也不會否定阿伊。他只是非常溫柔而真摯地詢問阿伊為何有這個念頭。阿伊幾乎要哭出來。

「我……」

阿伊無法回答。對於那遠在他方的父母、與自己血緣並不相連的父母，阿伊無法正確地表達出自己現在的想法。所以她只能這麼說，因為這份心情是確定的。

「我想留下來。我想待在這裡。」

在這種狀況下，阿伊才第一次像個「親生孩子」般地違逆父母。相當諷刺的是阿伊的手在發抖。心臟亂七八糟跳著，眼前閃著火花一般的光芒。

這並不是因為青春期的反抗，也不是因為覺得和父母在一起令人感到厭煩。兩人總是將阿伊的想法擺在第一，從不曾強制阿伊做自己討厭的事情。如果阿伊沉默不語，那麼就會為她考量沉默是來自何種情感。

但現在阿伊並不打算聽從父母親。留在這個孕育出會引發爆炸意外核電廠的國家，並不是為了反抗父母親，但阿伊明白這件事情比起反抗他們會更讓他們強烈的悲傷。

「阿伊，拜託妳，過來這兒吧。」

不能在此時敗下陣來，阿伊想著。

對於自己如此固執一事，最驚訝的便是阿伊自己。如果這時候逃往紐約、逃到父母身邊、逃進一片安穩當中，那麼自己就要一輩子抱持著這份罪惡感活下去。

芮氏規模九的地震，還有冒煙的核電廠影像，確實讓阿伊有些瘋狂。阿伊非常興奮，她盲目得相信自己所體驗的那種向上推擠的衝擊，以及橫向搖晃時覆蓋全身的恐懼感。

這是發生在自己身上的事情。

這是發生在我身上的事情。

我身上的！

阿伊幾乎緊擁那時的體驗當成「重要的事情」。那是自己身為自己的證據，絕對不想放手，她是這麼想的。

「阿伊。」

阿伊第一次看到綾子為了自己而流淚。

發生在自己身上的衝擊，讓阿伊的身體直接產生變化。她開始瘦了下來。

首先，她沒辦法像以前那樣直接把食物送進口中。明明覺得會餓，要把食物送到嘴邊的瞬間卻覺得胸口萬分苦悶。還有汙染的問題。就算文件說這東西沒問題、並沒有遭受汙染，恐懼卻無法消失。

一想到福島的人就覺得難過。有些地區遭到隔離，想到那些被剝奪了工作與土地的人們與自己處在同一個國度就覺得心要被撕裂了。幾乎越是想著該吃點東西，阿伊就越難吞下東西。

綾子和丹尼爾始終沒放棄說服阿伊。

「阿伊，機票我們這邊會買的。」

「沒關係的，爸爸。東京很安全啊。」

「阿伊。」

「我想電視新聞一定都播一些比較誇張的地方啦，可是你們也很清楚吧？東京又不是受災地，這邊還是過著日常生活啊。」

「但是……」

「我還有很多朋友。大家都會互相幫忙。我啊，我們呢，比大家想的都要來得堅強唷。」

這是騙人的。根本沒有什麼能夠互相幫忙的朋友。

「阿伊，但是……」

「爸爸，拜託。」

無論他們如何想方設法說服阿伊，她也只是倔強地說著「要留下來」、不聽他們的話，兩人應該也是第一次看見這樣的阿伊。最後他們還是尊重阿伊的意思，接受阿伊留在日本。然後他們送了大量的食物過來。聽他們說「這沒有被汙染」、「比較安心」以後，阿伊覺得雖然自己應該是想要這些東西沒錯，卻不禁覺得羞愧。自己是被愛的，有人在擔心自己。

網路上可以獲得資訊。能相信的、不能相信，都必須要自己判斷之後進行選擇。每當關上電腦便疲憊不已。已經搞不清楚是自己想要獲得資訊，還是被資訊給附身了。

阿伊會積極想要的，就只有來自美菜的聯絡。

「那些傢伙居然要叫我回去耶？妳能相信嗎？說什麼家裡都這麼辛苦了，妳居然還在洛杉磯玩之類的。」

美菜的爸媽已經從「那些人」降級為「那些傢伙」了。

的確，這種情況下還叫女兒回來的爸媽也是哪裡怪怪的。不過，總覺得因為是親生爸媽，所以才能說這種話。阿伊總覺得是那無法抵抗的強烈血緣讓他們有此等行為。再怎麼說，美菜的爸媽雖然說著那種話，卻還是為美菜的洛杉磯滯留提供協助。對於這種狀況下，美菜還能覺得父母令人厭煩，阿伊感到非常羨慕。

但是美菜和自己一樣仍處於庇護之下，這點總讓阿伊覺得頗為安心。雖然也討厭自己這麼想，卻無法阻止自己的思緒。而且自己還留在這個發生前所未見災害的國家當中。這對於早已削弱的阿伊內心來說，不免是種刺激。那激烈的橫向搖動，輕易就能在阿伊的身體當中甦醒。

這是發生在自己身上的事情。

這是發生在我身上的事情。

過了四月，來到五月。

大家習慣了街道和車站內暗淡的燈光，電視也開始播放著一如往常的節目，超市裡再次充滿各式各樣的商品。日常也太過輕易就恢復了。東京如同以往一般庸庸碌碌、一如以往的猥瑣髒亂。

阿伊也開始恢復通勤往來研究所。不過原先就不太需要在系上做什麼事情，也不像碩士畢業那些人要開始到處面試。阿伊對於自己的未來依然什麼都沒有決定。

結果大部分的時間還是在家裡度過。有時候母親那邊的祖父母會前來造訪，但父母親不在時見面實在非常尷尬，後來兩人也不來了。

「這個世界上，i並不存在。」

如果現在自己死在這兒，想來世界也不會有任何改變吧。阿伊想著這種事情。

「這個世界上，i並不存在。」

受災地的死者和行蹤不明者人數幾乎是確定了，阿伊卻無法把它們寫在筆記本上。那黑色的筆記本一直沒有打開，但仍然在阿伊的手邊。一直都在。

「如何？東京那邊有比較穩定一點了嗎？」

畫面另一端的美菜正在吃葡萄，她將那翠綠水嫩的果實連皮吃下，有時會用手指擦擦嘴，就連那樣子都讓阿伊覺得眩目。

「嗯，有慢慢變得比較穩定了。」

「妳呢？」

「嗯。」

「可是妳變瘦了啊？」

除了父母親以外，有好好看著自己的就只有美菜。

「我吃不太下。」

「這樣啊。」

與其說是瘦下來，不如說是變得非常衰弱。因為也沒有做什麼運動，因此就只是身上的肉不斷減少、還長出了黑眼圈，一點都不健康。

「我知道妳沒有食慾，但是營養果凍之類的東西至少也要吃一下唷。」

「嗯。」

阿伊覺得自己簡直就像是感冒了一樣。或許實際上也的確如此，自從那天起就覺得腦袋昏昏沉沉、身體也非常倦怠，就跟感冒的症狀沒有兩樣。

「啊……講到果凍，我也好想吃喔！」

阿伊不禁嘴角上揚。美菜還是美菜，她不曾改變，讓阿伊覺得非常安心。

「妳有去學校嗎？」

「嗯，有。不過我原本就不是那麼需要通勤的專科呀。」

「這樣啊。」

美菜雖然非常頻繁地聯絡阿伊，但因為太過頻繁，反而不知道該說些什麼，經常陷入沉默。不過有些沉默的時間，兩人會分別做自己的事情，這種關係令人感到舒適。

「啊，衣服好像洗好了。」

「噢，要去晾嗎？」

「沒有，這邊說不能晾衣服。」

「噢，這樣啊。」

洛杉磯因為認為這樣有損房屋外觀，因此有許多公寓不能夠把洗好的衣物晾在外頭。這麼說來紐約也是如此。先前好幾次看過阿妮塔因為不能把衣服晾在外面而心情態度非常惡劣。一想到阿妮塔，阿伊仍然感到心痛。

「明明天氣這麼好，至少讓我晾個衣服嘛！對吧？」

想來洗好的衣服如果能夠晾在加州的萬里晴空之下，一定一下子就乾了吧。阿伊隱約想起自己晾在浴室裡的衣服。天氣明明很好，但最近就是無法把衣服晾在外頭。

「呼……」

平常這時候兩人也差不多該結束通話了，但是美菜卻還坐在螢幕前，重新綁好她的長髮、喝著寶特瓶裡的水。

「衣服沒關係嗎？」

「啊，嗯。」

看來是想說些什麼？正當阿伊如此想著的同時，美菜開了口。

「欸，阿伊呀。」

「嗯。」

「妳為什麼要留在那裡？」

「咦？」

忽地聞到了柔軟劑的香味。室內有風吹動。就算關上了窗子，空氣也經常在流動，這是阿伊最近才發現的。

「妳爸媽還有我都在國外，妳隨時都可以過來的呀。」

想來美菜一直想要問這件事情吧。

「我不是要罵妳。畢竟妳會那麼強烈得決定某件事情真的很稀奇，所以我想一定是有什麼理由吧。」

雖然美菜是說很稀奇，但想來根本是第一次吧。美菜肯定也感到很驚訝。在地震之後聯絡上的電話當中，美菜以和阿伊父母同樣的熱情向阿伊傾訴：「拜託妳離開那裡！」雖然最後也敗於阿伊的固執之下，但美菜只要每次聯絡阿伊，都會詢問她是否仍然沒有改變心意。

「有什麼原因嗎？如果不想講的話不用講也沒關係啦。」

美菜大概是覺得現在可以問吧。確實那種固執感已經消失了，畢竟當初就連阿伊自己都非常驚訝。

為什麼自己會那樣堅持呢？

為什麼能夠那樣強烈得將「ＮＯ」說出口呢？

「不，也不是說不想講……只是很難說明。」

「很難說明？妳可以說說看啊。不過我還是要說，不想說的話沒關係喔。」

美菜臉上寫著她會一直等下去。而且想來她一定不會裝作自己能夠理解那些不了解的事情吧。美菜看起來就是這樣值得信賴的人。

「該怎麼說……」

「嗯。」

「我一直以來都覺得，自己倖免於難。」

「倖免於難？」

「對。那個啊，我希望妳不要輕視我。」

「我不會的，我答應妳。」

「我一直都有在寫死人的數量。」

先前一直沒有告知的事情，竟然能夠這樣爽快說出口。或許自己仍然處於一種奇怪的興奮狀態下？雖然如此想著，卻無法就此打住。因為想要告訴美菜，想要告訴自己唯一的好朋友。

「死人的數量？」

「對。我一直在筆記本上寫著全世界發生的意外、事故或者災害的死者人數。」

「從哪時候開始的？」

「……筆記本是從二〇〇五年開始寫的。」

「呃，那就是高中的時候囉。那時已經認識我了嗎？」

「嗯，認識了。」

「死者人數，是怎樣寫的？」

「就寫了發生什麼樣的事件、或是災害的內容，死了幾個人這樣，很簡單。」

「不是日記對吧？」

「嗯，不是。」

「這樣啊。為什麼？」

至今為止從沒有人問過「為什麼」。畢竟從來不曾向誰說過筆記本的事情。但有時自己也會想著「為什麼？」一直寫著死者人數，我究竟想要從這種行為當中尋求些什麼呢？

「……我不知道。」

「這樣啊。」

阿伊陷入沉默，她正在尋找著自己沉默盡頭的話語。她想要誠實面對美菜，就只有美菜。

「……我想我大概是想要把這些事情放在心上。」

「放在心上？」

「嗯，我現在這樣活著，但是世界上有很多人……真的有很多人死去。」

「嗯，的確是。」

「我可能是想要好好地把這件事情放在心上。當然我沒辦法寫下所有死去的人，畢竟只寫人數就已經把他們都算在一起了。算在一起，雖然也是……很可怕……」

美菜的雙脣微張，隱約能夠看見那大紅色的舌頭與紙般潔白的牙齒。

「妳覺得自己不在那些死去的人當中，所以是倖免於難？」

啊。阿伊失聲。明明是自己說出口的事情，聽美菜這麼一說，反而感到驚訝。

自己到底說了什麼？

「……嗯，是這樣。我一直都覺得自己倖免於難。為什麼不是我呢？」

「嗯。」

「為什麼死的人不是我，而是那些人呢？那些人和我到底有何不同呢？」

「嗯，真的好難喔，但我能夠理解。」

美菜說她能夠理解，阿伊感到獲得勇氣。同時也非常強烈覺得「美菜並不懂」。我到底想說些什麼？就連阿伊自己也不明白。

「妳知道我是養女吧？我是在敘利亞出生的，美國人爸爸和日本人母親領養了我。」

「嗯是啊。」

「我在敘利亞一定是在某種困難的環境當中，然後某個人把我挑了出來，所以才能夠遇見現在的父母。而且是相當富裕的爸媽。」

敘利亞由於中學生遭到逮捕而引發的德拉暴動已經多達數千人。

他們高喊著「阿拉！敘利亞！自由！」訴求釋放孩子們，同時要求縣長與治安負責人阿提夫・納吉布卸任（他是總統阿薩德的堂弟）。治安部隊開槍造成數人死亡，這場暴動讓德拉市內氣氛變得非常不平靜，混亂中造成的死者葬禮上，治安部隊再次開槍，產生了新的死者。

德拉的暴動越發擴大，就連附近的荷姆斯、巴尼亞斯，甚至較遠的卡米什利及哈塞克等地也產生騷動。

在這樣的情況當中，四月底於德拉參加暴動的十三歲少年行蹤不明，之後成為一具腐敗的遺體回到家人身邊。家人發現他的身上有拷問的痕跡，因此聽說這件事情的半島電視臺與阿拉伯衛星電視臺等媒體大肆報導這是一樁拷問致死的事件。阿薩德政權表示少年的死因並不是拷問，只是因為身分不明因此送還屍體多花了一些時間。但是國際社會並不認同。

就在此時，一個名為吉斯爾舒古爾的城鎮中有一百二十多名治安部隊相關人員遭到殺害。雖然反政府團體主張這個事件是逃兵與政權單位的衝突，但是政權單位卻表示這是反政府團體的攻擊，因此出兵徵討。有許多市民因此離開了這個城鎮。

到了六月，反政府團體方面發表的市民死者人數超過一千一百人，而治安部隊方面的死者人數達到四百人。

不需要想起敘利亞的那段平穩時間已經遠離。一旦知道發生了這種事情，就無法再回頭。敘利亞在當下這個瞬間有某個人死去了。他們在無法掌控的情況下悲慘地失去性命。就是自己在如此寬闊的房子當中，過著寧靜生活之時。

「我知道自己從敘利亞來到父母親身邊，真的是非常幸福。但是，我更覺得……該怎麼說就是一直……覺得很抱歉。我當然很幸福，真的，甚至覺得太過幸福了。我也知道說什麼很抱歉，是非常傲慢的事情。但是，我總覺得好像用非常不正當的方式搶走了某個人的幸福。」

「某個人？」

「對。某個應該代替我被父母親領養的敘利亞人。說不定應該是我要留在敘利亞，而那某個人應該要在我的父母身邊過著幸福快樂的生活。說不定我奪走了那個人的幸福、甚至是那個人的性命。」

「阿伊。」

「我知道我這樣說實在很過分。我應該要感謝自己得到的環境、應該要覺得自己幸福的事情真的很幸運。」

「不是『應該』唷。感謝還有幸福之類的，並非努力去想就能做到的事情。因為那是一種很自然的感覺。所以如果妳不這麼想，那也不用勉強。」

「但我真的認為，自己很幸福。我真的很幸福呀。但是，越是覺得自己幸福，就越……」

「痛苦對吧？」

唔咕。阿伊的喉頭一緊。我可以說出我「很痛苦」嗎？在這個毫無道理、有人們陷在「真正的痛苦」當中這樣的世界？

「妳當然可以說妳很痛苦呀。」

美菜像是看透了阿伊的心思。

「因為那是妳自己的痛苦，並不需要對此說謊。妳又不是笨蛋，所以也不會把這件事情告訴我以外的人吧。應該說，何止不是笨蛋，妳是太聰慧了。」

「沒有那回事。」

「老實一點吧，阿伊，妳太過聰慧了。那我換個說法好了，妳想太多了。」

「……說得……也是。的確如此。」

「當然，畢竟是阿伊妳呀，就算想太多了也還是妳，所以我想妳不用刻意改變。」

美菜的瞳孔稍微動了動。人類在認真思考某件事情的時候，瞳孔就會震動，阿伊看著美菜而明白這件事情。在美菜第一次對自己表明性向的那一天，她的瞳孔就像現在一樣，帶著些許震動。

「所以妳才想留在發生地震的國家？因為不想逃到安全的地方去？因為妳一直都倖免於難、一直都獲救了。」

聽了美菜的話，阿伊簡直想大叫出聲。的確就是這樣。

她一直覺得自己倖免於難。

她躲過了阪神淡路大地震、躲過了敘利亞的內戰、躲過了九一一、躲過了海地的地震，躲過了世界上所有的悲劇。倖免於難，然後苟活了下來。沒有人碰觸過自己發胖的身體，也沒去想將來要為了什麼而活，就只是用父母親的錢、住在父母親的屋子裡，渾渾噩噩地活下去。

現在自己就處在漩渦當中，所以應該要繼續待下去。阿伊是這麼想的。

但是由別人口中說出來，才感到自己有多麼傲慢又愚蠢。留在東京這寬闊又堅固的屋子裡，怎麼可能理解受災地那些人的心情，而且根本也拯救不了其他人的性命！

「我知道妳在想什麼啦。妳現在覺得非常羞愧對吧？」

「嗯。」

阿伊真希望美菜能責備自己。這不是在撒嬌，自己為了那麼一點點的自我滿足，讓父母親如此擔心，還想假裝自己是個受災者？

但是美菜並未責備阿伊。她透過螢幕清楚凝視著阿伊。想來應該是看著阿伊的眼睛，但透過Ｓｋｙｐｅ就是無法有對上眼的感覺。

「我說哪，可是妳對於發生的事情會感到心痛吧？」

「咦？」

「東日本的事情，還有這個世界上發生的其他事情，妳覺得心痛吧？」

「嗯。」

這是真的。這句話能夠打從心底說出來。阿伊對於東日本發生的事情、全世界發生的那些事情，都感到心痛。一想到那些受災的人們、想到那些被捲入各種悲劇的人們，就覺得心要撕裂了。

「所以才會那樣想吧。為什麼不是我？」

「嗯。」

「妳不用覺得這種心情有多羞愧。完全不需要羞愧。也不需要因為反正我不是受災戶怎能了解他們的心情而怒氣衝天，不需要羞愧、只要好好心痛就好。雖然我也不是很懂，不過我覺得這種心情很重要。因為這是一種與某些人事物相繫的心情。」

阿伊把爸媽送來的一大部分金錢都捐了出去。雖然這也是為了稍微減輕一些罪惡感，但當然不只如此。一想到那些正在痛苦的人們，自己也覺得痛苦，實在是坐立難安。想到自己的行動或許根本沒能幫上任何人的忙，就感到痛苦。然而自己捐出去的錢，並非自己工作、努力流汗賺取來的金錢，而是爸媽的錢，那富裕的爸媽的錢，這讓阿伊感到相當羞愧。

自己根本沒有受傷。

自己的雙手潔白無瑕。

「我在這兒啊，可是到處都看見日本國旗呢。」

阿伊也有在電視新聞看到帝國大廈掛滿了日本國旗的樣子。

「大家都為了日本祈禱。我和其他人都不在日本，當然也沒遇到地震或者和遭受核電廠災害，但難道妳會覺得我們沒有權利為他們祈禱嗎？」

美菜盯著阿伊。雖然眼睛沒有對上、她的瞳孔也不再震動，卻是想著阿伊的事情而直率的目光。

「不會。」

「我認為如果想到某個人而覺得痛苦，就算自己無能為力也應該要痛苦，而且應該要珍惜那種痛苦。」

阿伊好想見美菜。阿伊真的非常想要見到這個在螢幕另一端如此為自己思考的好朋友。

「相對來看，妳所做的事情的確是錯的。雖然跟錯誤也不太一樣，但我想就像妳說的，那樣很傲慢，而且還讓我們這麼擔心。妳懂吧？不過我不懂什麼相對，因為妳是我的好朋友，這件事情是絕對的。我尊重妳的想法，也希望能夠理解。」

「謝謝妳。」

「不需要道謝。相反的也不要說抱歉喔。妳正打算道歉對吧？」

「嗯，是這麼打算。」

「不行啦。不能道歉唷。因為妳在那邊平安無事，我是真的很高興。對我來說，包含妳的痛苦在內，妳好好在那兒就好了。妳懂嗎？」

「嗯。」

「妳想待多久就待著吧。待在那邊。」

「嗯。」

如果不能道謝也不能道歉，那麼該說些什麼好呢？阿伊開口卻不知該說些什麼。但是美菜先說了：「我呀……」

「最喜歡妳了。」

阿伊也是。最喜歡美菜了。所以她也這麼說了：「美菜，我也喜歡妳。」

這句話就像是美麗的雨絲洗滌了阿伊的心靈。美菜將阿伊遺忘的那份開朗還了回來。

「最喜歡妳。」

心境變化以後，生活也產生了變化。

首先是開始想要去買衣服。因為快速瘦了下來，先前穿的衣服都太鬆了。平常總陪自己去買衣服的綾子或者美菜都不在，阿伊勢必得要自己一個人前往年輕女孩子們聚集的店家。要踏進店門實在需要蠻橫的勇氣。阿伊很明顯非常緊張，但沒想到聽見人家這樣說：「真漂亮呢！」

那或許只不過是銷售員的社交用語，但這話對於阿伊來說卻有如一顆鮮明的炸彈，就這樣被阿伊的身體吸收、在體內迴響。

阿伊從那天起就開始主動減重。雖然還是一樣很餓、家裡也堆滿了父母親送來的食物，但阿伊會將小鳥食量般的食物含在口中，之後幾乎都是在喝水。但是那樣過了一陣子以後，就因為貧血而動彈不得。於是阿伊開始閱讀健康減肥的書籍，尋找能夠健康瘦下來的方式。

她開始走路。一開始才走一點兒路就喘不過氣、全身冒汗，但覺得身體裡不好的東西似乎也跟著排出了，因此心情非常愉快。過了一個月以後開始變成沒走路就覺得不舒服，走個電車一站的距離是稀鬆平常。詢問美菜調整身體的方式以後，開始在餐飲中刻意攝取較多的蛋白質，為此阿伊也開始自己烹調了。每天都打開瓦斯爐煮東西，讓阿伊開始覺得這屋子不像空屋，而是有人好好居住的屋子。

每天站上體重計成了一種樂趣。似乎開始能夠理解丹尼爾鍛鍊身體的感受。一旦過著健康開朗的生活，就覺得這樣是能夠被原諒的。天空看起來藍得那樣清澈、朝陽也讓人感到耀眼。

某一天，收到了美菜寄來的大量包裹。

知道阿伊開始減重，她送來了一大堆東西，有在洛杉磯看到的可愛包包和首飾、高蛋白質食品、日本沒有的水果所磨成的粉末等等。

當中還有一本書。《Reading Lolita in Tehran》，這本名為《在德黑蘭讀蘿莉塔》的書籍，聽說是美國的暢銷書。

作者阿扎爾·納菲西是一名大學教授，這本書是她在一九七九年革命當時伊朗對伊拉克戰爭中、在那個極受限制的伊斯蘭世界裡，舉辦祕密讀書會的真實紀錄。當時包含納博可夫的作品《羅莉塔》在內的西洋文學都遭到禁書處分。也就是說，要是被發現在讀這種書，肯定就要被判死刑。

美菜還附上了一封信，上面是這樣寫的。

「雖然我無法完全理解妳把死者人數寫在筆記本上的事情，不過我想妳應該是用『想像』的吧。而對我來說，『想像』則是閱讀這本書。有時間的話就讀讀看吧。」

阿伊馬上便翻開來閱讀，同時立刻沉浸於書中。

喜悅遭到剝奪、笑容遭到剝奪，連想些什麼都遭受剝奪的少女們。有時還會被冠上莫須有的罪名、就此被剝奪性命的少女們。只是想要以一個人類的身分好好過活而已，就連她們如此渺小的願望都無人聆聽的少女們。

當中的描寫當然是撕裂了阿伊的內心。現在阿伊，以及美菜所享受的……不，她們甚至不認為這是享受的事情，對那些女孩兒來說都是遭受禁止的，就只是多想想也會遭受懲罰、屈辱，甚至被奪走性命，但這並不是僅存在於過去的事情。

「各位讀者，希望大家能夠想像一下我們的樣貌。不這樣做的話，我們真的就不存在了。有時就連我們自己都沒有想像的勇氣，希望你們能夠想像一下抵抗著歲月與政治暴虐的吾等樣貌。最好是私下的、在某個祕密的瞬間，處在人生各種場景當中的我們；聽著音樂、墜入戀情、走在林蔭大道上的我們；又或者是在德黑蘭閱讀著《羅莉塔》的我們。然後再想像一下這一切都被奪走，被趕到地下去的我們。」

她們現在還在這個世界上。現在仍是如此。

「這個世界上，i並不存在。」

過了半年，福島第一核電廠的事故仍未處理完畢。

東京電力公司和政府雖然隱瞞了許多事實，卻仍然宣稱核電廠是安全的。受災地重建之事仍然遲遲沒有進展，有許多人無法繼續住在極度不自由的暫時住宅當中，還有更多的人重新被迫遠離故鄉。阿伊對於這些事情感到一清二楚的憤怒以及悲傷，但不再拿來傷害自己。

阿伊變得內向。

那不同於與算式對峙時的內向。阿伊初次好好面對自己的身體。她買了和父母親不一樣的洗髮精、自出生以來首次讓身體散發著與他們不同的氣味。阿伊覺得自己的身體不斷改變，這件事情實在是非常不可思議。

等到冬天來臨，阿伊的體重已經低於六十公斤，腿也多了些肌肉。雖然可以說是非常戲劇性的變化，不過對於這樣的變化最驚訝的就是阿伊自己。她每天都不敢置信地眺望著鏡中的自己。

身體瘦下來以後，黑色服裝的意義也不同了。原先看起來根本就是喪服的那些服裝，就像綾子穿起來一樣只是件漂亮衣服。黑色的陰影讓阿伊的體形看來更加美麗，那白皙的肌膚也顯得更加透亮。

某一天她發現男學生的目光變了。先前他們的眼睛彷彿看著巨大的樹木或者違反了停車規定的汽車，但現在似乎多了些別的情緒。

開始準備碩士論文的時候，阿伊的心情也變得十分輕鬆。她還是一樣對數學有著很大的興趣，因為那總是能讓她待在寧靜之中，不過阿伊也開始想要從那片寧靜當中躍出。想要跳進先前一直逃避的明亮……那過於明亮的世界，這種念頭越來越強烈。雖然自己原先根本被女大學生這種閃閃發亮的標籤排除，但總覺得現在又拿到了能夠沐浴在那種恩惠之下的權利。

阿伊開始前往一些她先前避而不去的場所，像是澀谷、原宿、表參道等。那些明明自己住在東京正中央，卻只聞地名不曾去過的地方。阿伊開始享受購物樂趣，以及獲得店員的讚美。阿伊的容貌對於她們來說似乎是相當令人驚訝的，尤其是那長又捲翹的睫毛以及大大的雙瞳。

阿伊買了許多衣服。當然那些錢還是丹尼爾和綾子出的。

夏天似乎到來的那天，阿伊在澀谷被人叫住。

以往幾乎都是被外國人叫住，不過那天喊住阿伊的是一名高大的日本男性。以往阿伊會覺得心情飛揚但略帶恐懼，只會快步走開。但那時卻不禁停下腳步。因為那名男性有些讓她想起內海義也。

阿伊偶爾還是會在網路上搜尋一下內海義也，知道他脫離了叔父的三人團體、一個人在紐約的時候，心跳得好快。因為總覺得只要他在自己居住的城鎮當中，就和他有種某種聯繫。阿伊那時候才確信，內海義也正是自己初戀的對象。

「那個，這個……」

那個男人顯得非常客氣，看來是不確定阿伊的國籍。

「有什麼事情嗎？」

所以阿伊盡可能清楚地回答對方。聽見阿伊回話，那男人似乎安下心來，又露出有點害羞的表情。阿伊很開心，沒想到自己能夠讓年輕男人心中浮現那樣的情緒。

「方便的話……」

對方遞過來的傳單非常有個性，如果不看上頭寫了什麼內容，會以為是音樂活動之類的呢。但那其實是反核電廠遊行的活動宣導。阿伊確實看見了遞傳單的手略略顫抖著。

「要不要來參加呢？」

阿伊直直望向他的眼睛。他的眼中映照出一位充滿自信的美女。阿伊花了幾秒鐘才理解那是自己。

一開始還以為是場祭典。

前往指定場所，那兒的人多到阿伊完全沒料想到。有人打扮成小丑、有人戴著防毒面具、有人把氣球綁在身上，還有狗、也有小孩子。阿伊會以為這是祭典也無可厚非。但是大家拿在手上用厚紙板或者布料製成的標語，上頭卻寫著「NO NUKES」、「核電再見」等，這的確是反核電遊行沒有錯。

有很多年輕人，這件事情讓阿伊非常驚訝。印象當中常見到的那些遊行參加者，通常都是四十來歲的男性，大聲吶喊著口號，由警察在前面開路、走在大馬路上而已（註6）。

現在有幾輛卡車，上面有抱著樂器的樂團、操控著音控盤的DJ，還有RAP歌手。大家都情緒非常高昂。有人和旁邊的人勾肩搭背、非常熱心地拍照，當中也有外國人。阿伊很後悔自己是一個人來的。沒看見遞傳單給自己的那名年輕男性。在這麼多人當中實在也很難找到他。畢竟還是想再見到他一次。如果遞傳單的不是

註6　此指日本一般在每年二月左右由勞工發起的「春鬥」，目的在於要求提高基本工資及改善工作條件。

那名神似內海義也的男性，阿伊根本不會來這種地方。

閒著無事可做而隊伍開始移動的時候，阿伊的不安到達極限。周遭的人看起來也敬阿伊而遠之。阿伊總覺得自己完全來錯了地方，很久沒這樣沒自信了。

「妳有帶標語嗎？」

耳邊聽見有人說話。看過去才發現有個年輕男人正看著自己。阿伊一瞬間無法回應，但在他切換成英文詢問之前，看見了他手上的標語。那標語和神似義也的男性遞來的傳單有著相同設計，是非常時髦的標語。

「沒有，我第一次參加這種活動。」

「唉呀，妳的日文說得真好。」

接下來的對話是阿伊已經相當習慣的內容。對方對於阿伊的出身相當有興趣，因此問了阿伊許多問題。遊行的音量相當大，幾乎要把臉靠近彼此才能聽到對方在說些什麼。將嘴巴湊到對方耳邊時，聞到男人散發著年輕汗水的氣味。

阿伊不知道是否該高舉對方遞來的標語，只好抱在胸前。拿著標語的手略略滲出汗水。

男人稍微離開以後，接二連三就有不同男男女女前來搭話。

「妳一個人嗎？」

「妳從哪兒來的呀？」

「我們一起加油吧！」

遊行的聲響愈發大聲，響徹整個澀谷街頭。有時向便利商店借個洗手間、有時則去商業大樓內的洗手間。回到隊伍的時候，一起前進的人已經換了一批。由於感到喉嚨乾渴而打算走向販賣機的同時，有人告知在前面不遠處便有給水站。沒想到真的有提供水的地方，大約五十歲上下的女性們喊著「加油喔！」並且把寶特瓶水分給大家。除了進入洗手間的當下，阿伊一直沒有落單。

「反對核電！」

「不需要核電！」

不知何時起，阿伊也開始跟著喊起了口號。一開始很小聲，之後越來越大聲。走了超過兩小時以後，連阿伊都驚訝於自己竟能發出那樣大的聲音。

自己現在處於一個未曾見過的世界。無論男女或孩童，都為了改變國家而全力發出聲音、大聲吶喊著。

阿伊的身體像是流入了新的血液。那並非生命、家人的血液，阿伊總覺得自己像是和同在此地的人以非常大的臍帶相連。阿伊和大家在一起。大家一起吶喊、一起高舉拳頭。

第二次參加遊行的時候，人數更多了。大家變得更加瘋狂、喉嚨都喊啞了。季節越來越接近夏天，遊行隊伍也略略帶著祭典的氣氛。

「反對核電！」

「不需要核電！」

就在此時，有個阿伊不認識的男人向她搭話。

「我可以拍嗎？」

那個男人沒刮鬍子、眼睛看起來像是在打盹，很難看出年齡。因為脖子上掛了很大臺的相機，所以馬上便能明白他是想拍照片，但阿伊以前從未被問過。因為遊行隊伍當中原本就可以自由拍攝，也可以自由錄音。

「我可以拍妳的照片嗎？」

先前雖然也感受到好幾次自己被拍照，但要是這種情況下刻意詢問，又令人感到不安。

「那個……請問您是要使用在什麼地方、還是刊登在哪裡呢？」

或許是察覺到阿伊的不安，男人邊笑著前進。他笑起來的時候眼角會皺起來，看起來大概並不是很年輕。但那笑容似乎緊緊抓住阿伊的心，非常明確。

「個人使用。」

男人走在阿伊身旁。兩人的聲音消失在大量的口號當中，因此不得不靠近點說話。

「咦？」

「個人用途，我想以後拿來看。」

就在此時，隊伍後方傳來「妨礙公務！」的吶喊。回頭一看發現警察和遊行隊伍似乎起了衝突。他們立刻大聲喊著、毫不猶豫地奔了過去。阿伊驚愕於自己竟然感受到一種家人受到傷害的氛圍。

男人名叫佐伯裕（YUU SAEKI）。

他是自由攝影師，目前熱衷於拍攝反核電遊行的照片。雖然這樣的人還有很多（也就是有許多攝影師拍了非常多阿伊等人的照片），但是緊抓住阿伊的心不放的這位佐伯，身上卻散發著無與倫比的自由氣息。

佐伯四十二歲了，當然是比阿伊年長許多。但是阿伊並沒有面對一位年長男性的感覺。他笑得像個少年、以一種少年的面貌凝視著阿伊。換句話說，佐伯喜歡阿伊，而阿伊也是。

佐伯在全世界到處旅行，主要工作大多是旅遊雜誌，遊行的照片則是他另外拍攝的。

「我不太擅長拍人，不過走在遊行隊伍當中的人們面孔，不知為何卻非常吸引我。」

佐伯拿出了柏林、奧斯陸、巴黎等地的照片給阿伊看。有像阿伊等人參加的反核電遊行那樣，同時有許多音樂人加入的遊行；也有全裸步行的男男女女；還有從後腦勺到小腿全身都有刺青的人。

「變化漩渦當中的人類面孔。」

佐伯說這話的時候又露出那種笑容。要說些什麼的時候，不管內容是什麼都會看起來像是在害羞，正是這個男人的特徵。那張臉龐無論如何都緊抓著阿伊的心不放。唯有詢問他為何會叫住自己的時候，佐伯一臉認真地說：「當然是因為妳是我喜歡的類型。」

回答得如此一清二楚，實在令人欣喜不已。

畢竟有生以來是第一次與一位男性心意相通，也是有生以來第一次與人肌膚相親。赤裸著擁抱才驚訝於皮膚的氣味能有如此大的相異，體溫給人的溫暖也令人難以置信。第一次呼喊他的名字時，阿伊整個心靈都在顫抖。

「裕。」

那是這個世界上最美麗的詞彙。

阿伊再次重生了。比第一次更加戲劇化且鮮明。這個變化是自己贏得的東西。因為那個時候自己希望留在這個核電廠爐心融解的國家，所以才能夠有現在的發展。也就是說，自己是為了與裕相遇而在日本的。

整個世界都變成裕的顏色。他的一舉手一投足都影響了阿伊的行動，阿伊的身體只對裕的存在產生反應。只要想起裕的臉龐就覺得心頭發熱、不管碰到什麼東西都感受到裕的氣味。阿伊戀愛了，而且是全心全意在談這場戀愛。當然，阿伊只想把這段戀情告訴一個人。

「阿伊！哇——是什麼樣的人！」

映照在螢幕上的美菜略略晒黑，毫不在意露出那整齊漂亮的潔白牙齒，揚聲興奮到連阿伊都覺得有些不好意思了。沒想到自己竟會有這樣的一天，向美菜訴說情人的事情。

透過螢幕拿照片給美菜看，她喊著：「哇！肯定很受歡迎！」這句話稍微刺痛了阿伊，但也讓阿伊感到開心。很開心卻又感到痛苦，戀愛是一種難以理解的東西，這件事情只需要幾星期的關係便能夠體會。

裕曾經結婚兩次，而且對象是同一位女性。

「那是年輕時候啦。」

雖然裕是這麼說的，但他的過去當然還是讓阿伊感到痛苦。

四十二歲的裕第一次談戀愛的對象當然不可能是自己，但阿伊還是很自然地憎恨著能夠收到裕獻上新鮮愛情的女性。年輕時候的裕愛上那位女性、還決心要結婚，離婚之後仍然想與她結婚，這樣的女性到底是什麼樣的人呢？而且裕還與那位女性生下兩個孩子，聽說大的已經上國中了。

阿伊不斷思考這些多心也沒用的事情。那不知名的女性甚至出現在夢裡。想當然耳學習進度開始停滯，阿伊正脫離「優秀學生」的軌道。

阿伊在網路上調查佐伯裕這個名字。除了他自己架設的網站以外，只能找到裕幫忙拍攝照片的雜誌資訊，但阿伊還是全部都看過一遍，瞪大眼睛尋找是否有前妻的蹤跡。說不定是編輯或者是模特兒，又或者是像自己一樣被告知「是我喜歡的類型」而被喊住的人。而最後一個可能性更是燒灼著阿伊的內心。

「妳想太多啦。最重要的是現在呀。」

能商量的對象還是只有美菜。阿伊再次打從心底感謝這名位於遠方的好朋友。

「如果太過胡思亂想的話，對方也會察覺的唷。他是很自由自在的人對吧？那麼自由奔放的人幾乎每天都把時間花在妳身上，肯定是很愛妳的嘛！」

這倒是真的。裕幾乎每天都在所有工作以外的時間和阿伊見面。要叫裕到自己爸媽的屋子裡這種想法實在令人退避三舍，所以總是在裕家見面。雖然很難不想到這屋子裡究竟曾有幾個女人來過，但只要和裕見面，內心就會完全融化。阿伊不清楚一般四十二歲的人應該有什麼樣的身體，但裕那優美如鹿般的肉體相當容易就能使阿伊感到愉悅，而阿伊也不抵抗那種愉悅感。

「妳這樣根本沒辦法念書吧？」

美菜惡作劇似地笑著，阿伊試著擺出感到困擾的表情。的確一天到晚都想著裕，定理什麼的根本擠不進腦子裡。

阿伊開始考慮要休學。如果提出休學申請，那麼最長能夠延後學業兩年。無論是要到碩士就畢業，還是要升上博士課程，現在繼續這樣下去都是很困難的。數學系非常嚴苛。能夠順利升往研究職位的人少之又少，也有許多人像阿伊想的一樣會刻意休學，藉此獲得兩年緩衝時間。但像阿伊這樣的留學生若是休學，之後能否繼續滯留日本就要由入境管理局來判斷了。

實在無法想像必須和裕分隔兩地，也很難放棄數學。畢竟阿伊是真的仍然受到數學的魅力吸引，而且裕還說這樣的阿伊「非常性感」。

「妳明白我所不知道的事情，真的很性感！」

要讓數學系以外的人理解數學的事情，幾乎是不可能的任務。所以學生們才會都那樣內向，阿伊原先也是如此。阿伊甚至不曾對美菜說明數學的魅力、定理的美麗這類事情，就連想都沒想過要這麼做。但是裕卻非常想要知道。

「就算不能理解，我還是想知道。」

阿伊畏畏縮縮地開口，比方說看時鐘的時候如果發現顯示的數字都是質數，就會覺得很開心，而裕則兩眼發光地問：「那是什麼意思？」在說明質數與複數的時候，他還做了很詳細的筆記，逼問著要阿伊「再多說一些」。這種時候，裕看起來就像是個少年。

「真是搞不懂。好難！不過總覺得可以理解阿伊喜歡這種東西的理由。」

「真的嗎？」

「嗯，啊，當然我完全無法理解內容。但是總覺得能夠理解這當中有一種美麗。」

阿伊忍不住試著說起了複分析和相位。還有想像中的數字。

「想像中的數字，聽起來好浪漫喔！」

聽裕這麼一說，阿伊忍不住高興到無以復加。就算無法完全理解，裕也能夠感受到阿伊在數學當中感覺到的浪漫，這件事情讓阿伊非常開心。

「數學家就等於讓美存在的人呢。」

已經學習數學多年並且一路研究過來的阿伊心中那微弱的想法，就這樣被裕脫口而出。讓美存在。阿伊認為這不正是自己這些人在做的事情嗎？辨識出那些應該存在、但其存在尚未被認知的某種美麗事物，並且加以證明。

阿伊所說的數學內容，好幾次讓裕腦袋一片混亂。雖然裕大喊著：「腦子一片混亂啊！」卻仍然繼續求知。

當然，也延伸到阿伊正在想些什麼。他不會強迫阿伊，但若是阿伊語帶保留的時候，他會一直等下去；若是阿伊一直說不出口，他則會緊擁著阿伊來鼓勵她。

阿伊忍不住表白休學之事時也是如此。數學系過於嚴苛的情況、仍然無法放棄數學的魅力等等，裕像是要完全吞下這一切般的盡力理解，也沒有放過阿伊在那之後流露的猶豫。

「休學的話，會有什麼問題嗎？」

阿伊惶恐地說出自己這種留學生的待遇，而後裕陷入沉默。阿伊內心非常害怕裕仍然勸阿伊要休學。因為自由自在的裕，感覺就像是會說妳就休學吧，我們來場美國和日本的遠距離戀愛，我沒問題的，反正隨時能見面啊。但是裕在一陣沉思以後，說出口的卻是令人意想不到的話語。

「阿伊，我們結婚吧。」

這求婚實在來得太過突然。

「咦？」

「和我結婚的話，妳就能夠以日本人配偶的身分拿到簽證。之後也可以申請永住權和國籍歸化。當然這樣也可以休學，我們也能一直在一起。對吧？」

裕臉上寫著「想到了個好主意」。在感到高興以前，阿伊卻先由於那份天真無邪而受了傷。結婚可以用那樣邏輯性的理由嗎？而且這樣，不就等於是她拜託裕跟她結婚了嗎？

「阿伊。」

但裕是認真的。

「我知道妳現在想些什麼。妳一定覺得，怎能為了簽證而結婚對吧？抱歉。沒拿花束也沒戒指就跟妳求婚。但是，」裕直直望向阿伊的眼瞳：「我想和妳在一起。我沒辦法接受分開。」

這場求婚沒有花束也沒有戒指，話語卻是如此美麗而又高貴。

「結婚吧。」

一星期後裕帶了美麗的戒指和紅色大麗花的花束現身，大麗花插在阿伊的房間裡，好久好久都沒有枯萎。

決定要結婚以後，兩人開始談起自己的出身。是在什麼樣的家庭成長、孩提時代的生活等等。匆匆忙忙地見了彼此父母親並且辦那些手續。在這些萬分忙碌的日子當中，阿伊只有在看著無名指上閃閃發光的美麗戒指時會停下腳步，沉浸於無比的喜悅當中。

裕想知道所有事情。像是領養小孩的複雜手續、阿伊最初的記憶、在紐約的生活，以及來日本以後是怎麼想的。

自己是個美國人父親與日本人母親領養的敘利亞孩子這個經歷，已經不再把阿伊逼到罪惡淵藪。因為裕說這樣的經歷非常高貴。

「我覺得自己遇到的是一位獨一無二的女性。在這個世界上獨一無二的女性。」

雖然大家都是獨一無二的啦，裕害羞地補充說著。

但阿伊總覺得好像能夠理解裕想表達的意思。裕想說的是，自己是歷經太多奇蹟才能夠來到此處的。就像先前告訴美菜的那樣，如果自己留在敘利亞，說不定已經死了。

敘利亞已完全進入內戰狀態。根據聯合國發表的聲明指出，二〇一三年四月的時候，平民死者及行蹤不明者已經超過六萬人。恐怖組織「伊拉克的伊斯蘭國」ＩＳＩ的阿布・貝克爾・巴格達迪則趁此混亂，發出聲明表示組織改名為「伊拉克與黎凡特伊斯蘭國」ＩＳＩＬ或可稱「伊拉克與敘利亞伊斯蘭國」ＩＳＩＳ，也就是宣言其加強與敘利亞的關係。

一想到敘利亞的事情就渾身顫抖。說不定能逃到其他地方去，又或者至少不會失去性命，但無論如何都不可能遇到裕。

「思考敘利亞的事情當然很重要，妳可以好好感到心痛，正因如此，妳更應該感謝自己現在身處的環境才行。」

美菜透過螢幕向阿伊說著：「好好活著被喜歡的人愛著可是奇蹟唷。妳得要肯定自己的存在。」

美菜說得沒錯。

阿伊打從心底珍惜自己的存在。她每晚眺望著鏡子，凝視著那裕說「就像克林姆筆下女性」的身軀。在捲翹的睫毛上擦著美容液、在豐盈的髮絲上抹著護髮油、在高高隆起的胸部上塗抹著茉莉味的香水。裕讓阿伊存在此處。他發現了阿伊的美、並且鮮明地證明出來。

某一天，阿伊在意想不到的情況下，終於完美克服那一直詛咒著自己的話語。

阿伊在系上的沙龍和幾位院生以及教授談話。不知是怎麼聊的，大家說起了關於存在與不存在的話題。阿伊向教授表示高中時的數學老師（就是雅典娜！）曾說「這個世界上，i並不存在。」

教授竟表示：「說這種話的數學老師也太蠢了。」並且一臉厭惡。

在一起的學生紛紛搖著頭，臉上顯露出他們認為阿伊的話題很無聊。

「那樣講的話，負數也不存在啊。整數也是。就連零也是一樣，在印度人創造出來之前根本就不存在。但它們還是在吧？畢竟數學就是把那些若有似無、但是有會比較好的東西化為具體啊。」

教授臉上一副「怎麼現在還說這種話呢」的表情。阿伊其實也是這麼想的，真的。但阿伊就是放心不下，她就是想要從其他人的口中聽見「那句話」。在院生們一片狐疑的目光下，阿伊再次追問教授：「所以說i也是存在的嗎？」

教授露出了打從心底不可置信的樣子看著阿伊。

「妳在大學到底都學了些什麼啊？這可不是數學系的人該說的話！雖然可能只是有了會比較方便，但畢竟還是化為具體了，當然就是有啊。數學家不就是要證明這件事情嗎！」

津島這位教授負責的學科是複分析，平常是個不怎麼開口的人。就算是學生們向他搭話（雖然也很少人找他說話）也不會看別人的眼睛，只會一臉不耐煩地回答最簡短的句子。但現在津島卻直盯著阿伊的眼睛。

他說：「i是存在的。」

當然阿伊並非真的懷疑i的存在。再怎麼說也是一個以數學為志願的人，把i當成不存在的東西也太荒謬了，這點阿伊自己也非常明白，但仍然覺得刻意詢問教授，讓他說出這是一種不言自明的道理實在太好了。更何況阿伊在與裕的對話當中，幾乎是已經能夠非常明確相信i的存在，那美麗卻為想像中的數字。

「說得也是。」

但阿伊還是想要原諒自己。希望能有除了自己以外的某個人、而且不是自己所愛的某個人，幾乎可以說是等同「世界」這種與自己毫無關係的某個人，對自己說「那句話」。她總覺得這樣一來，這件事情就能夠成為事實。那句一直與自己共存的話語、彷彿咒語又好似友人的話語，現在正是該與它分道揚鑣的時候。

「i是存在的。」

接下來話題變得更加五花八門，甚至聊到有一種定義$-1 \times -1 = -1$的數學體系。

「也就是說可以毫無矛盾的定義囉。」

「在交換法則不成立的世界當中，就會成為不需要虛數的數學體系呢。」

但那時阿伊已經沒有在聽教授與院生在聊些什麼。

「i是存在的。」

詛咒的朋友已經遠去。

阿伊可以輕鬆擁抱現在存在這裡的自我。並非那種消極的感慨，認為自己可以待在這兒，而是能夠認為自己是必須的存在，那樣開朗的感動。

戀愛這種事情，有著如此強大的力量。

阿伊由於裕而重新誕生在這個世界。獲得新生命的阿伊變得更加閃閃動人、愛著自己。

十一月，颱風尤蘭達登陸菲律賓，死者超過六千人。

丹尼爾和綾子完全沒有反對阿伊結婚一事。

「畢竟馬上陷入戀情這種事情，可是懷爾德家的傳統呢！」

過往那個 Verbal Daniel 開朗的笑著。雖然他好像有點在意阿伊在以一個人的身分自父母身邊獨立前就選擇要結婚，但仍然非常感嘆女兒還年輕就能夠如此堅定決定伴侶。

阿伊向他們報告要休學的事情，丹尼爾也馬上就理解了數學系的嚴苛。

「妳就好好享受新婚生活吧，之後再去唸書就好了。」

丹尼爾無論何時都是對阿伊如此溫柔。更重要的是丹尼爾喜歡自由奔放的裕，以及他拍的照片，綾子也馬上就喜歡上裕了。

「個性會寫在臉上呀！」

受到所有人歡迎的裕，與丹尼爾其實有些神似。

後來兩個人總是一起去參加遊行，但不管去了哪兒，裕的周遭總是會有人聚集，大家都想被裕拍照、想聽他說些有趣的話。大家都不在意他比自己年長，而裕也不在意。他不會擺出一副長輩的臉孔，但也不曾刻意裝年輕，一直都是如此自然。

阿伊不曾認識其他像裕這樣，會不斷問著「為什麼？」的大人。裕會真誠地與每個他遇見的人談話。如果有不明白的事情，他會老實地發問，並不覺得丟臉。裕的求知慾非常旺盛，就算無法理解，他仍然不會放棄對話。

面對這樣的裕，阿伊心想，想必以超越夥伴好感程度看著他的人應該很多。他選擇阿伊做為伴侶，讓阿伊感到萬分驕傲，但同時仍然會非常在意他周遭的女性。

「肯定很受歡迎！」

美菜說的那句話始終縈繞於阿伊的耳邊。阿伊有時甚至忍不住遷怒怨恨起美菜那話語。

從決定要結婚起，兩人就討論起生孩子的事情。

這個想法讓阿伊沉迷其中。愛上裕以後經常會陷入不安，覺得要戰勝其他女性、過去，以及其他許多事情，似乎就只有這個辦法，而且阿伊真的非常想要裕的孩子。一個流著裕血緣的孩子。

血緣。

阿伊在還沒有孩子的時候，便經常想起那個家族樹。阿伊自己並沒有隸屬於某棵血液的大樹（化為實體的那種），對她來說，有一棵由裕和自己做為起點的豐饒樹木，是她的夢想。會長成什麼樣的樹木呢？自己還很年輕，可以生三個或四個。不，甚至可以更多！

裕說阿伊成為人母的話，他會盡量少工作、和阿伊一起養孩子。裕雖然已經四十三歲了，但感覺上體力是完全沒有問題。他的肉體看起來並未衰老，最重要的是裕本人也說：「我們生很多孩子吧！」

裕一定能夠明白，阿伊比任何人都想要家人。但他卻沒有把這種話說出口。只要和裕在一起，就不需要把所有事情都說得一清二楚。他會非常想要了解自己想知道的事情，但只要阿伊有所猶豫，就不會進一步追問。並非只有「什麼事情都要講明」才能稱之為家人。阿伊認為這種互相體貼對方而建立的關係，非常值得驕傲。

阿伊與裕的性行為除了得到快樂以外，有了新的目的。阿伊的身體因喜悅而顫抖的同時，也想著未來那棵樹。那棵樹有著非常確實的樹根，溫柔地纏繞在阿伊的腳上。

二〇一四年。

一月，自年底便爆發的伊波拉病毒在西非肆虐。

二月，烏克蘭首都基輔由於反政權示威隊伍與機動軍隊發生衝突，造成多名死者。

三月，由吉隆坡飛往北京的馬來西亞航空三七〇號班機，包含乘客及機組員在內共兩百三十九人連同飛機行蹤不明。十八日，俄羅斯併吞了克里米亞自治共和國，而親俄派的謝爾蓋・阿克肖諾夫自稱為新首相。

四月，奈及利亞的伊斯蘭派系叛亂組織博科聖地攻擊位於奇博克的女子學校，並且綁架了兩百七十六人。十六日自韓國仁川港出發前往濟州島的渡輪「世越號」沉沒。兩百九十五人殞命。

五月，土耳其西部的馬尼薩省索馬發生礦坑的大規模爆炸，包含受到爆炸波及，以及爆炸導致通往地下的道路封閉問題，造成了三百零一人死亡。

六月，改名為ＩＳＩＬ或稱ＩＳＩＳ的那個恐怖組織又改了名字。ＩＳ或稱伊斯蘭國的那個組織在二十九日，宣告要建立一個由阿布・貝克爾・巴格達迪擔任哈里發（註７）的國家。

七月，由於三名以色列少年遭到綁架並殺害，巴勒斯坦自治區加薩爆發了伊

註７　意指先知穆罕默德的繼承者，也就是伊斯蘭教的領導人。

斯蘭武裝組織哈馬斯與以色列軍隊的衝突。此衝突持續七週以上，造成兩千多名死者。十七日，由阿姆斯特丹飛往吉隆坡的馬來西亞航空十七號班機在烏克蘭附近的庫列斯遭受飛彈攻擊而墜落，機組員及乘客共兩百九十八人全數死亡。

八月，美國密蘇里州聖路易郡佛格森，由於警察射殺並未持有武器的黑人少年而引發暴動。

九月，墨西哥格雷羅州伊瓜拉自治市有貪汙警官與毒品組織殺害了四十三名大學生，之後發展為全國性的暴動。

在這段時間內，阿伊都未曾孕育出新生命。

結婚以後過了一年都還沒有孩子的狀態，似乎就叫做不孕。

以往也曾認定兩年才叫不孕，這個時間會縮短，是否因為不孕的夫婦增加了呢？如果是真的不孕，那麼就要即早治療比較好。因為時間是不會回頭的。

但是阿伊才二十六歲，馬上就要生日、是一名年輕且健康的女性。實在提不起勁前往不孕門診。自己還很年輕呀。心裡想著應該沒有問題的，應該說希望是這樣。如果有問題也不會是自己，而是裕吧。從年齡上來看，會這麼想也是理所當然。雖然裕也曾有過兩個孩子，但這和現在沒有關係。查網路上都說不孕的原因大多出在男性身上。

在二〇一四年即將結束的時候，阿伊第一次前往不孕門診。因為裕看阿伊如此煩惱，因此還是催她去了。阿伊雖然覺得興趣缺缺，但若原因在裕身上，那麼由醫師清楚說出口也比較好，阿伊是如此說服自己的。

雖然是平常日的上午，候診室當中卻滿滿都是人。阿伊不禁啞口無言。

這麼多。

有這麼多想要孩子、卻無法懷孕的人。

阿伊的對象只有裕這一位男性，但是班上同學和朋友們從以前就很小心避孕。高中的時候曾看過因為生理期晚來而相當焦慮的學姊；大學的時候三不五時就會聽說有女學生去做人工流產的傳聞。因此懷孕這種事情，總給人一種很容易便能辦到的感覺。但並非如此。

這麼多。

實在難以相信自己身處一個未知的世界當中。一眼望去都是比阿伊年長的人，當中也有看起來已年過四十的男性。在這群人之間我是最年輕的，阿伊鼓勵著自己。雖然是非常扭曲的鼓勵，但阿伊還是需要。

我並不像這些人的情況如此嚴重，也不是沒有時間了。只要確定原因是裕，需要的話就請他治療，然後就能輕鬆懷孕、我也能夠成為人母。成為一個年輕且健康的媽媽。

阿伊緊握拳頭，裕則默默將手覆上。以前從來沒這樣想過，但現在卻覺得他的手筋骨隆起，看起來頗有年紀。

在候診室幾乎等了一整個上午，總覺得等到不知今夕是何夕了。在這段時間內，前來掛號的人數還在持續增加，整個走廊上都是人。有些人已經站著等了好幾個小時，卻沒有半個人抱怨。

上了診臺，腳被張開到令阿伊感到錯愕。工具放在陰道口的那瞬間，阿伊的耳邊響起了那個聲音。

「這樣就能生孩子。」

那是卡塔莉娜的聲音。是那粗暴拉開阿伊雙腿、拿湯匙按壓的卡塔莉娜。腦海中清晰浮現的是小時候的她。但她肯定已經生下了許多孩子。她自己的孩子。

醫生先告知裕的結果。精子的運動量雖然較低，但並沒有嚴重到成為問題。阿伊脖子一冷。這樣說來，問題就在阿伊身上了。

「太太是屬於ＰＣＯＳ。」

「咦？」

講縮寫根本聽不懂呀。

「多囊性卵巢症候群。」

不是縮寫也還是聽不懂。

「那是，什麼意思呢？」

裕的聲音聽起來好遙遠。

「一般來說卵巢會為了排卵而培育卵子，但是太太這方面的發育比較遲緩，而且卵巢的表面過於堅固，因此並未排卵。生理期大概多久來一次呢？」

「呃，一個月再多一點……」

「大概三十五天？」
「對、差不多……」
「月經週期比較長也是PCOS的特徵之一。另外還有肥胖，不過太太看起來並沒有這個症狀。」
以前是胖的，這話實在說不出口。好像說出口，醫生所說的事情就會成為現實。雖然這原本就是現實。
「另外有沒有出現長鬍子、體毛濃密的情況？原因是男性荷爾蒙。」
阿伊的身體發燙。確實自己的體毛較為濃密，但一直以來都認為那是由於阿伊身上流著不知從何而來的敘利亞血液。裕說他喜歡那濃密長到肚臍下方的陰毛。總覺得好像夫妻的性行為遭到窺視，讓阿伊感到羞愧不已。
「不孕是很普遍的。」
醫生的聲音非常輕盈，聽起來實在不像是在告知患者病名。
「您才二十來歲，沒問題的。也有很多PCOS的患者能夠自然懷孕。」
阿伊看著醫師畫的圖。圓圓的卵巢當中塞滿了沒有被排出來的小小卵子，看起來就像是長壞了的蓮藕。

阿伊希望馬上就能懷孕，因此使用能夠誘發排卵的藥劑來促使身體排卵，於是要開始通勤前往不孕門診。對於阿伊來說這是難以置信的事情。我才二十六歲、明明這麼健康。

唯有前往門診的時候特別鬱悶。有時還有哭著走出診療間的女性，令人忍不住別過眼。由於害怕自己的容貌過於顯眼，因此阿伊總是戴著口罩。她盡可能坐在角落的座位，避免被任何人看到。

這間醫院同時也設有婦產科，候診室的牆壁上掛著一張公告。上頭寫著：「考量治療性質，還請避免與兒童一起前來看診。」

原先以為是考量衛生問題等，不久之後才發現這是精神上的問題。是因為顧慮到那些渴望著想要孩子的人們的心情。

阿伊開始寫基礎體溫的筆記。低溫期與高溫期的落差線條非常僵硬，想來這便是沒有排卵的證據，讓人覺得胸口好悶。試著徹底為身體保溫。聽說有肌肉能夠讓體溫上升，因此開始跑健身房、也去三溫暖。開始吃那些據說有利於懷孕的食物，另外也會好好剃掉體毛……雖然這與治療毫無關係。

所有的事情都告訴了美菜。

想生孩子的事情、自己有ＰＣＯＳ的事情、因為治療過於憂鬱而笑不出來的事情。美菜雖然使性子吵阿伊沒有辦結婚典禮的事情（「我想要當伴娘啊！」），但還是聆聽阿伊的現況、冷靜地給予平穩的意見。

「我也稍微查了一下，有ＰＣＯＳ的人好像真的很多，而且就跟那位醫生說得一樣，還是有機會自然懷孕的，妳不用那麼在意呀。」

美菜透過螢幕凝視著阿伊。美菜似乎是在陽臺上說話，背後是加州那藍得發亮的青空。她自從去了洛杉磯以後，就不太在意晒黑了。

「問題就在於，妳為什麼那麼想要孩子吧。」

美菜說完這句話，便喝了口手上寶特瓶裡的透明液體。這麼說來她前幾天說過迷上了椰子水。寶特瓶上畫著綠色的椰子，看起來給人一種「健康飲料」的感覺。

「問我為什麼……我也和佐伯先生談過……」

「是因為佐伯先生說了所以妳想要嗎？也不需要馬上就懷孕吧？妳才二十六歲耶？」

阿伊已經決定要進行體外受精。因為如果用人工授精，ＰＣＯＳ患者的排卵期又很難確定，因此失敗率也很大。那時阿伊沒有任何猶豫，因為希望以比較確實的方法懷孕。阿伊想要孩子。無論如何都想要。

但是美菜卻無法理解阿伊這種心情。

「與其這麼年輕就把錢花在體外受精上，還不如和佐伯先生享受兩人時光、好好調養身體，然後等著之後自然懷孕比較好吧？」

確實裕也反對體外受精。他認為不需要做到那種程度，大致上和美菜的意見相同。只要慢慢花時間治療、調養好身體，以後再生孩子就好，在那之前我們就好好享受兩人時光就好啊。我們結婚也才兩年而已啊。但是裕沒有表示更多意見。他可能還是多少理解阿伊的心情，因為他深愛著阿伊，希望能夠完全尊重阿伊的心情。

「畢竟佐伯先生也，那個……四十四歲了。」

現在反而因為裕較為年長而鬆了口氣，因為能夠把這當成急著生孩子的理由。

「是那樣沒錯，但也不是什麼大問題吧？為什麼要這麼急迫呢？」

「也不是急迫……」

「我先說清楚喔，我這不是要責怪妳。唉呀畢竟我的性向是這樣，所以也有些事情不明白的。但是米拉就想要孩子。」

美菜和米拉住在一起，幾乎共享生活的一切（「除了衝浪以外啦」）。阿伊也曾幾次透過螢幕與她說話，不管是那剪短到耳下的頭髮、就連睫毛都幾乎接近白色的淺金色髮絲、比天空還要蒼翠的蔚藍色眼睛，都如美菜所說的，是個乍看之下像隻美麗貓咪的人。她文靜又害羞，幾乎和美菜是相反的人，但美菜說這樣才好。

「那美菜妳怎麼說？」

「欸，雖然也可以用其他人的精子來懷孕，不過我不喜歡那樣。還不如領養吧。」

還不如領養，這個講法讓阿伊很在意，但也沒說出口。

阿伊和美菜的關係上，應該早就不會互相顧慮對方了。分開的這幾年，兩人透過畫面的友情依然繼續滋長到無與倫比。但即使如此，有時在某些瞬間，還是會對於美菜的某些想法非常在意，而且沒辦法把這種感覺老實說出口。

畢竟阿伊自己也沒有向美菜說出想要孩子的理由。自己的孩子。想要打造自己的家族樹、想要一個有自己血緣的孩子。如果把那種話說出口，就好像是否定了自己，同時也肯定了美菜的爸媽。阿伊知道自己的焦慮實在非比尋常，或許美菜也早就發現了這點，但只要自己不說，美菜就會一直等待阿伊表白心情，她就是這樣的人。也就是說，美菜也和裕一樣愛著阿伊。

「米拉好嗎？」

「啊，嗯。很好啊。最近老是去參加遊行。」

米拉參加的是反對俄羅斯吞併克里米亞自治共和國的遊行。就算是在美國出生、在美國成長，仍然持續思慕著自己未曾前往的祖國，阿伊總覺得這樣的米拉看起來怪怪的。阿伊自己的「祖國」明明也持續發生悲劇，卻沒有起身進行任何行動。

到了二〇一五年一月一日，在英國的ＮＧＯ敘利亞人權瞭望臺組織表示，敘利亞內戰的死者人數為七萬六千零二十一人。當中約有一萬八千人為平民。回過頭看二〇一四年九月，宣告要建立國家的ＩＳ為了要將敘利亞北部鄰接土耳其的科巴尼鎮置於自己管轄之下而引發戰鬥。原先定居於科巴尼約二十萬的庫德人不得不避難而去，鬥爭一直持續到過年。

阿伊並不想看、也不想知道。那數以萬計的死者、避難民眾，已經超過了阿伊的想像能力。明明一直把死者數量寫在筆記本上，應該早已習慣這件事情，但現在即使死者人數不多，仍讓阿伊渾身顫抖。最近這件事情變得更加明顯。雖然阿伊想著，應該是因為自己的環境產生相當大的變化。但她還是盡可能遠離敘利亞的新聞，實際上也的確這麼做。畢竟好像也有人說，壓力是懷孕最大的敵人。

阿伊也不再參加反核電的遊行了。裕似乎還是會興匆匆地前去拍照，但只要缺席個一兩次，就會因為那沒有參加造成的罪惡感而使自己更想逃避。大家雖然都會頻繁聯絡阿伊，但並不會催促她參加，而是放任阿伊的行為。然而那種溫柔的體貼卻讓阿伊更加痛苦。

有一次裕說那些知道敘利亞現況的人，都很擔心阿伊。這件事情也讓阿伊感到痛苦。明明應該是自己哀嘆敘利亞的現況，但其實阿伊只擔心自己的身體。總覺得大家都看穿了她的傲慢，就好像是大家都在責備那個「並未擔憂敘利亞的自己」。

「我下個月要去紐約！」

美菜換了個話題，看來似乎決定不要再繼續逼問阿伊了。阿伊打從心底感謝如此體貼自己的美菜。她總是用如此快活的方式，將阿伊帶到明亮的場所。

「紐約？好棒喔。妳要去玩嗎？」

「是啊，大部分是啦。不過我也想說去看看能不能在那邊賣昆布茶，稍微探查一下情況。」

最近美菜開始在洛杉磯販賣昆布茶，是因為她的老家昆布店往海外推展市場。由於搭上洛杉磯的健康風潮，「ＫＯＢＵ」似乎也挺受到歡迎的。她也寄給了阿伊，那飲料有著時髦的包裝、還加了一些水果的甘甜，感覺的確會受那種對自己健康非常嚴謹的人喜愛。

「在這邊賣得還不錯呢。」

以往明明那麼討厭家裡的工作，現在卻也開始幫起忙來，美菜顯得有些害羞。不過一陣子以後就因為感受到工作的樂趣，現在可是堂堂正正的業務部長呢。

「阿伊要不要過來？妳爸媽也在這兒吧？可以稍微轉換一下心情。」

美菜的邀約實在很有魅力，但真的不想現在放下治療。要是讓機會溜走，之後可不知道何時才能夠再次懷孕。開始進行不孕治療以後，阿伊再次切身感受到自己身體的神祕以及無法掌控之處。無論有多注意自己的身體，基礎體溫還是紊亂不已、排卵時間完全不固定。

「嗯……我沒關係啦。」

美菜稍微沉默了一下。感覺似乎想說些什麼，卻又閉口不言。

「那個，妳去見見我爸媽吧。」

阿伊也沒有把話題帶回去。

「可以嗎？我也想見他們！我可以自己聯絡他們嗎？」

「當然可以呀，他們一定會很開心的。他們兩個人經常聊妳的事情呢。」

「真的嗎！我好開心喔！」

「米拉也會一起去嗎？」

「沒有，只有我自己過去。米拉說她討厭紐約。」

之後又聊了一陣子才關掉Ｓｋｙｐｅ。沒有向美菜沒有說出「真正的理由」，這件事情讓阿伊一直掛在心上。

三月的時候進行採卵。

使用低刺激法取出四個卵子，接著注入裕的精子使其受精。受精完成以後就等待受精卵的細胞開始分裂，然後放回子宮。

裕非常溫柔。他要阿伊絕對別勉強自己，而且其實他很反對會對阿伊身體造成負擔的治療方式。但他還是接受了這是阿伊想要做的事情，因此也予以協助。他也非常照顧阿伊的身體、把阿伊送到醫院，回到家以後還負責煮飯。不過在做肌肉注射的時候、因為可洛米分的副作用而萬分痛苦的時候、忍耐採卵那難以置信疼痛的時候，阿伊實在忍不住因為裕是名男性而怨恨起他來。

這樣的事情若要持續好幾年、長期進行不孕治療的話，那該有多麼嚴苛啊。

阿伊想起了候診室當中默默等待著醫師的女性臉龐們。聽說幾乎沒有人能夠一次就成功。搜尋網路的時候，也找到好幾個部落格的作者，都是持續治療了好幾年的人。有些人隨隨便便就能夠懷上孩子，卻也有如此多為此辛勞的女性，幾個月前的自己完全不明白。回想起那目光帶淚從診療室步出的纖瘦女性，阿伊一樣感到心痛。

四個卵子有三個成功受精了，當中的一個移植到子宮當中。因為非常害怕失望，所以一直告訴自己，不可能一次就成功的。但是當然還是會想要指望自己的年輕。

因此四月的某一天，阿伊看著驗孕藥上那藍色線條，簡直忘我。

懷孕了！阿伊幾乎忘了自己還做了體外受精，忍不住想大聲稱讚自己的身體。那鬱悶的心情就像颱風遠離後一般晴空萬里，阿伊被前所未見的幸福感籠罩。

裕也對於阿伊懷孕一事打從心底感到開心。看見裕眼角帶淚的樣子，阿伊覺得自己曾有那個怨恨他的瞬間真是莫名其妙。我有最棒的好伴侶，我肯定是全世界最幸福的人。

全世界最幸福的人。

自己竟然也能如此直率地這麼想！「自己是幸福的」，而且還成為「全世界最幸福的人」，這原先是阿伊最為害怕的事情。內心某處分明希望能夠獲得幸福、得到寧靜，卻又擔心自己會跑過頭。過去的阿伊是如此。

恐懼全世界所發生的各種不幸，感到自己身處其中卻「倖免於難」，總是對於自己所受到的恩惠、獲得的幸福感到羞愧。但現在阿伊卻被自己獲得的幸福包裹著。她觸摸著幸福的色彩、聞著幸福的氣味，因喜悅而哽咽。

摸著那還相當平坦的腹部，完全沒有生命的氣息。但那兒確實有個阿伊的孩子。和阿伊血緣相連的一個生物原型。

血緣。

阿伊真的很想把那留下來。把一個分享自己血液的生命，留在這個世界上。

自己就是為此而生的。自己就是為了要在身體當中孕育生命、體驗這個奇蹟，所以才會出生到這個世界上。

阿伊一直很想知道自己出生的理由，一直都想知道。她想知道自己踐踏某個人的幸福、推開別人也要出生的理由。而那個理由就在此處。那還不到幾公分的生命源頭，就是我活在這個世界上的證據。

我可以活在這個世界！

阿伊之後不斷撫摸著腹部，她的手緊緊掌握著尚未成形的生命氣息。

i

3

器具放進了陰道。

這是為了在手術前使子宮口較為柔軟、能夠打開。

「要稍微抓一下子宮前端喔。」

窗簾的另一邊傳來醫師的聲音。在那瞬間強烈的疼痛如雷劈般襲來。那種未曾體會過的疼痛，並非就此結束。在刮陰道的時候，發出了從未有過的聲音。彷彿怪物呻吟的聲音。

接著就這樣躺在院內的個人房好幾個小時，然後被帶到手術臺上。手術服下赤裸著而有些涼意。上了手術臺，兩腿被大大張開。每次診察都要這樣把腿張開。但總是無法習慣這個姿勢。讓自己的性器官曝於他人眼前的瞬間，總覺得自己成了個怪物。

「這樣就能生孩子。」

騙子。

阿伊心裡如此想著，對幼小的卡塔莉娜說道。騙子、騙子、騙子。甚至覺得自己現在會陷入這樣的狀況，或許是卡塔莉娜的詛咒。還想著該不會從年幼時雙腿被卡塔莉娜張開的那瞬間起，就已經決定了自己的命運？

但是，為什麼呢？

阿伊問道。幼小的卡塔莉娜站在眼前，直直瞪著阿伊。那雙眼中充滿了憎恨。

有兩位護士在阿伊的身邊手腳俐落地移動著。一位抬起阿伊的手腕測量血壓；另一位則在準備點滴，將針刺進阿伊的手腕。在此同時氧氣罩也蓋上阿伊的臉龐，眼前變得一片模糊。就算想著不要哭，眼淚還是流了下來。

一週前與那已經死去的孩子告別。

懷孕原先相當順利，卻在第十一週宣告終結。

每星期在超音波機畫面上看到的生命，確實有在成長。每當那大得不成比例的心臟跳動，都讓阿伊淚眼汪汪。

「現在差不多內臟和手腳都看起來像人類了。」

醫師也這麼說了，那看起來像是雛鳥的胎兒，也好像有了人類的姿態，有時甚至還能看見他伸懶腰。把超音波照片掛起來每天看著。雖然沒有一般人家說的害喜，但有時卻想睡到不行。裕有時會溫柔地與躺在床上睡著的阿伊玩鬧。那些時刻，阿伊也想著「我現在是全世界最幸福的人」。毫不疑惑、真心如此想著。

醫師說，無法確認心跳。

那就像是一盆冰水從頭上澆下來。眼前一片黑暗、全身冒出冷汗。工具在陰道裡刮動、因疼痛而呻吟時，頭上那超音波影像當中，還是找不到會動的東西。一星期以前那樣活力充沛跳動的心臟，怎麼也找不著。

「看來似乎沒有成長。」

醫師在窗簾另一頭說著。他的語氣非常平淡，就好像是在聊天氣一樣。

為什麼？

卡塔莉娜的憎恨無邊無際。她的視線緊緊束縛著阿伊，像是要勒住阿伊的呼吸。是那幼小、有如纖瘦黑豹般的卡塔莉娜。

為什麼我得要遭受妳的怨恨？我的父母明明一直在幫助妳的母親。

幫助？

我的父母呀。

但卻辭掉我媽。

那是因為妳媽偷錢哪。

我們一直都很貧窮。我可沒有妳家裡會出現的那些玩具。妳家會出現的那些衣服我以前根本沒有見過。妳家裡那些點心我也從來沒看過。

但那是……

妳想說不是因為妳嗎？

我……

妳就是一直這樣逃避。擺出一副好像對不起我們的面孔，可憐兮兮的樣子，卻說不是自己的錯。甚至還說什麼，妳的父母幫助了我媽。

阿伊閉上了眼睛。這種情況下不可以再責備自己。雖然的確是自己不好，但不可以這樣想。

「我呀，我們呀，應該早就從你們的人生當中消失了。」

雖然止不住眼淚，卻不能認同那眼淚。

「得要進行手術。」

醫師是這麼說的。阿伊還有必須做的事情。

「請在三天後過來。」

要將那死去的胎兒，從肚子裡刮出來。

所有色彩自眼中離去、音樂也停止了。

眼前還是一片模糊，兩眼撲簌簌不斷掉著淚。一位護士拿了面紙幫忙擦去淚滴。阿伊說了聲真抱歉，護士則回以妳很難過吧。阿伊已經不明白自己是希望受到溫柔的對待、還是希望不要有人理會自己。她的身體不斷顫抖，被問了好幾次會不會冷。

妳想說不是因為妳嗎？

之後打了麻醉。透明的液體透過管子進入體內。護士交代妳可以數數字，一、二……沒多久便非常想睡。眼皮萬分沉重、就是張不開，但唯有那時，聽見了那聲音。

「這個世界上，i並不存在。」

接下來什麼事情都不記得。

那些日子就像在冰冷的沼澤底部。

阿伊過了好幾天大門不出二門不邁、也幾乎不吃不喝的日子。就只是鑽進被窩裡不斷啜泣著。好一陣子出血始終沒停下來，每當去洗手間就一陣暈眩。阿伊想著，我簡直跟個老太婆沒兩樣。

自己懷孕的事情，阿伊沒有告知綾子、丹尼爾甚至美菜。因為育兒書上寫著，在進入穩定期之前最好不要告訴其他人。到穩定期還有一個月左右。阿伊在月曆上做好標記，好幾次想像著向父母還有美菜報告這件事情的光景。好幾次。

阿伊一天天地數著，希望那天早點來到，然後平安生下孩子。每天都這樣祈禱。雖然祈禱的對象五花八門，但是不管哪位神明都好。只要這個孩子能夠平安出生就好。然而卻在進入穩定期以前，孩子就死了。

以前就知道有所謂的流產。

確實知道這種事情是經常發生的，也曾聽說人工流產的同學後來結了婚，仍然懷了新的孩子。但卻從未想過要與尚未成形、尚未具備人類姿態的胎兒分別，竟是如此悲傷的事情。原先根本不明白世界上有這樣的悲劇。

一點都不想知道。

不禁覺得不知道根本就是一種罪過。自己的悲劇是起於幸福之人的怠慢，自己別過雙眼不去看、捂起雙耳不去聽這個世界上發生的悲劇，而那是相當可怕的罪過。但真的不想知道。自己身上發生的事情竟是如此痛苦。一直以為自己「倖免於難」，卻發生這種事情，竟是如此痛苦。

現在真想痛扁一頓當初在地震的時候，想要留在東京掌握某些事情的自己。實在無法原諒當初的自己竟如此傲慢，企圖堅持自己是被選上的那一方。大家都想遠離、想要逃走，不想被選上。那天在襲擊東京的震度5、強烈搖晃當中，阿伊在偌大的家中喊叫著。她喊著「救命啊！」。阿伊一直忘了這件事情。分明不想身處漩渦當中、不想被選上的啊。

救命。救命。救命。

眼淚停不下來，但終將乾涸。自己的身體就像是個墳場。空蕩蕩、老朽的墳場。

「這個世界上，i並不存在。」

和爸媽以及美菜開始用電子郵件聯絡，因為看到他們的臉龐肯定就會開始哭泣。畢竟隱瞞了懷孕的事情，因此決定也不要說出流產之事。不能讓那些已經老為自己操心的重要人們更加悲傷。不想要再更悲傷了。阿伊下定決心，這份悲傷必須要自己背負。

當然裕也是和阿伊一起悲傷的人。他是除了阿伊以外，在這個世界上唯一為孩子死亡感到悲傷的人。裕和阿伊一起哭泣，並且向阿伊道歉。

「對不起，讓妳自己一個人努力。」

當然他沒有不好，完全沒有。

裕不會說什麼「還有下次」或者「再加油吧」之類的話。那些讓阿伊聽到一定會感到痛苦的話語，裕完全沒有說出口。雖然打從心底想著沒有比他更好的伴侶，但實在不覺得已經擁有兩個孩子的裕，會有著與自己相同熱量的痛苦。在某些瞬間，也仍然會因為裕是一名男性，就感到怨恨他。真希望全世界的男性，都能夠上一次那個診療臺。真希望他們的雙腿都被打開、被人拿工具戳進身體裡、把死去的孩子刮出來。

救命。
如果這樣就是身處漩渦當中，那麼真不希望經歷這種事情。
卡塔莉娜對阿伊是否也是這麼想的呢？
真希望妳體會一次這樣的遭遇。
在這個世界上遭遇那些前所未有悲劇的人們，大家是否都這麼想呢？
你們最好也體會一次這種悲劇。
阿伊每天都做夢，但沒有一個是好夢。
七月十六日，眾議院的主議會上通過安保法案，各地都有表示反對的遊行活動。
裕拿著相機前往各處，這對阿伊來說實在是感激不盡，因為這樣便能獨自一人。因為沒有看電視，所以無法相信自己在這個世界、這個激烈的世界當中。又或者自己的確不在這個世界呢？
「這個世界上，i並不存在。」
這個聲音清晰出現於自己的內在。它復甦了。
「這個世界上，i並不存在。」

打開黑色筆記本。

上頭排列著自高中以來就沒怎麼改變過、卻有些稚氣的字跡。在世界上發生的各式各樣悲劇，以及被那悲劇捲入的死者人數。

阿伊打開新的一頁，猛然開始振筆疾書。不斷書寫著先前沒寫上去的死者及其數量，還有他們是怎麼死的。

他們直到死亡前，肯定都無法相信自己身上會發生這種事情吧？沒有什麼明確的理由、卻被某種事物選上，並且就此死去。

流產後因為希望能夠獲得些許救贖，所以瘋了似地拚命搜尋網路。撰寫著流產痛苦的文章多到如山一樣高。有些人行文非常積極、也有不斷感謝胎兒的人，或許那些人之後也會自暴自棄到令人不安，但全部都有個共通點，就是在那五花八門經過裝飾的文章後頭，都有著「為什麼？」的心情。

為什麼？

為什麼會這樣？

就算母體健康、受精卵健康卻還是有問題。盡最大努力注意日常生活、慎重度過每一天卻還是不行。這不是孕婦的錯。雖然明白只不過胎兒沒能活下來，但正因如此，「為什麼」的感覺也更加強烈。

為什麼？

筆尖分了岔，阿伊毫不猶豫地丟了它，伸手拿支新筆。網路上非常輕易便能與死亡相遇。那些忽略掉的死亡、視而不見的死亡，多到無邊無際。

幾百、幾千、幾萬名死者並非一個團塊。他們每個人都有各自的人生，同時各自遭遇死亡降臨。越寫越覺得恐怖，但仍然沒有停下筆來。有時甚至覺得想吐，但實在不知道是因為手術的影響，還是因為自己正在做的這件事情？出血也還沒有止住。

聽說布拉格有一座猶太會堂，牆面上寫著遭到納粹虐殺的猶太人名字。丹尼爾與綾子在年輕的時候曾經去過那兒。據說在美麗的建築物內部，以毫無生命感的文字寫滿了名字，牆壁上還裝飾著死去孩子們所畫的圖畫。

丹尼爾和綾子說他們也曾經去過奧許維茲等地的集中營，還有安娜的祕密住家，以及遭到殺害的猶太人的墳墓。丹尼爾說，看到那些言語無法形容的景色，確實令人啞口無言，但最令人無法忘懷的卻是那間猶太會堂。

「就只是寫著名字。每個人的名字。當中還有和我相同姓氏的人，姓懷爾德的。

但那不是我。」

丹尼爾說著邊流下了眼淚。阿伊只有那次見過他哭泣。那樣強悍的父親、那樣堅強的人類。

「不是我呀。」

當時聆聽丹尼爾話語的阿伊還過於年幼。知道曾經有個叫安娜的少女、那個女孩子在集中營中殞命，以及她留下一本日記，光是這樣就足以讓身為少女的阿伊心痛不已。

遭受全世界最有名虐殺行為犧牲的人們，他們的名字現在也還在那兒吧。如果見到那個景象，自己會想些什麼呢？而現在那些在巴勒斯坦、阿富汗，還有敘利亞死去的人們，有那樣能夠刻劃他們名字的地方嗎？那些甚至無法入殮的死者們，究竟在何處安眠呢？

現在這些寫在筆記本上的死者，自己就連他們的性別都不知道。

「這個世界上，i並不存在。」

去了超市發現冷氣開得非常冷。

幾天前忽然變熱，阿伊也連忙拿出了夏季服裝。但超市的冷氣實在太強了，在生鮮食品賣場還起了雞皮疙瘩。

雖然是來買晚餐材料的，但實在不知道自己想吃什麼。幾個星期前都在好好挑選對母體好的東西，像是小魚和蔬菜之類的，但現在根本不需要做那種事情了。裕從兩天前就為了雜誌採訪而前往長野，還傳了簡訊說「超冷的」。只要裕不在，阿伊就會完全隨自己怠惰。

番茄罐頭、麵線、牛奶，看到什麼東西就隨意放進購物車裡。根本無法思考菜單。優格、切片起司、香腸。

「哎呀。」

擦身而過的老婆婆發出了驚嘆的聲音。

「呼，哎呀，呼。」

看起來似乎有些呆滯。她的身上有著尿液混著某些東西的氣味。全白的髮絲有些燥亂，明明是夏天卻穿著滿是毛球的針織外套。沒有穿襪而踩著明顯過大的男性用拖鞋，還拄著非常花俏的拐杖。阿伊忍不住別開了眼。但她知道就算自己別過去，老婆婆還是盯著自己瞧。是一種看著奇怪東西、看著不知名物體的眼神。

已經很久沒有遇到看見自己的容貌而如此驚訝之人了。

實在不知道對方覺得自己是伊斯蘭血統，又或者是其他國家的人呢？但肯定不認為是與自己同一個國家的人吧。

明明好久都不需要去想這種事情了，來這兒竟然又有這些念頭，不禁生起氣來，差點將手上的購物籃丟下。

怒氣滿滿地回頭，老婆婆還看著自己。

「呼，哎呀。」

就算沒聽見，也能明白她就是發出那種聲音。周遭的人走過時都避開了老婆婆，若無其事地將商品放進購物籃裡，就好像散發討人厭氣味的老婆婆根本就不在那兒一樣。

「這個世界上，i並不存在。」

阿伊差一點就要哭了出來，也不知道是為了什麼。她已經不再憤怒，只有一種難以形容的巨大悲傷。阿伊與老婆婆對看了好一會兒。之後確認老婆婆的左眼已經是白色混濁，隨即離去。

在櫃檯前排隊等候結帳的時候，實在非常想吃擺在櫃檯旁的零食，毫不猶豫地放進了購物籃一起結帳。因為沒帶包包出門，所以拿了購物袋。走到外面，馬上忍不住將零食包裝打開吃了起來，真是好吃到令人讚嘆。

阿伊就這樣站著吃零食。地上的購物袋大概是沒放好，竟然倒了下來，番茄罐頭從裡面滾了出來。但阿伊沒有去追。

沒有人喊自己、也沒有人看著自己。就連那個老婆婆都沒再次出現在阿伊眼前。

美菜哭著聯絡阿伊，也是在一個跳過晚餐、光吞著零食的夜晚。

雖然是透過Ｓｋｙｐｅ，仍覺得已經好久沒見到面了。可能是因為一直用電子郵件往來（說起來也只有幾星期。可見兩人先前聯絡得有多頻繁，才幾星期就覺得好久不見），大概也不能說是好久不見，但因為一直說著「我很好」的謊言，所以更加覺得已經好長一段時間沒有見到美菜。

美菜也是，都只有用電子郵件聯絡阿伊。因為阿伊自己只用郵件，所以沒有特別在意，或許是美菜很忙、又或者有其他理由呢？

「米拉離家出走了。」

看來是後者。

她們兩個人住在一起已經要兩年了吧。加州認可同性婚姻，雖然兩人還未去辦理手續，但阿伊認為她們實際上就是一對伴侶。

「妳們吵架了？」

阿伊逐漸冷靜了下來。把月曆上那生產預定日劃掉的時候雖然哭了，但幾乎就沒再哭過。然而自己的身體像個墳場、而且是個空蕩蕩墳場的感覺卻未曾消失。

「不是，我從幾個星期前就一直在和她談。」

美菜一直很痛苦。就算自己身染悲劇，竟然沒能夠發現最重要的好朋友如此痛苦，阿伊打從心底感到懊悔。

「她三天前走了。」

「三天前？」

這三天都沒有收到美菜的郵件。對於美菜沒有馬上聯絡自己，阿伊不禁感到有些煩躁。她是如何度過三個夜晚的呢？螢幕另一頭的美菜臉頰消瘦、很明顯掛著黑眼圈。

「我想應該不是要分手。我希望是這樣。希望她只是想要稍微分開一下、一個人想想。」

「妳為什麼沒有聯絡我？」

「……」

美菜啜泣著沒開口。以前她和情人分手的時候，總是會馬上聯絡阿伊。在阿伊面前大哭一場、慎重地難過，最後就笑了出來。美菜是那樣的人。或者這是由於和米拉的關係之深呢？現在的美菜有些奇怪。

「……阿伊，我希望妳聽了以後不要輕視我。」

當然是這麼打算的。

美菜總是盡心聆聽自己的話語，以那率直的目光看著阿伊，也接受阿伊所說的所有話。她絕對不會以所謂社會情況來評判、也不會責怪阿伊，就只是因為「我們是好朋友」這個理由而永遠站在阿伊這邊。

「我當然不會的。怎麼啦？妳說呀。」

但是，阿伊的決心卻馬上遭到顛覆。

「我懷孕了。」

阿伊猛然摸向自己的腹部。這動作實在太過滑稽，光是這樣就覺得快要哭出來了。手離開腹部卻不知該往哪兒去，阿伊握緊了拳頭。

「懷孕？」

阿伊明顯慌張了起來。美菜的性向、自己流產的事情，各種事情交織在一起而大感混亂，完全搞不清楚狀況。

「這是怎麼回事？」

阿伊發現自己的聲音已經帶有責備的語氣，卻無法阻止自己。明明心想著絕對不能輕視美菜的，那是最重要、無人能比的好朋友，就算是犯了罪，也要成為她的靠山。原本真的是這麼想。但是，這種決心才幾秒鐘就遭到翻覆。

「懷孕？美菜妳……」

美菜大大的眼睛落下淚珠。

「我知道阿伊現在非常努力想要孩子。我知道妳很痛苦，所以說不出口。我覺得不應該告訴妳。但是米拉不在了，我一個人好寂寞，不知該如何是好，我想傾訴、想見面的只有阿伊。我只有妳呀。」

第一次見到如此無助的美菜，就像是個幼小的孩童一樣。要是沒有人保護，馬上就會倒下的小動物那樣。在這個自己最應該支持美菜的瞬間，阿伊卻覺得自己已經辦不到了。

「妳是蕾絲邊不是嗎？」

明知道自己這句話會傷害美菜，應該要更加慎重選擇用詞的，卻無法阻止自己。

「所以妳和男性出軌了嗎？」

美菜看著阿伊，臉上明顯是受傷的表情。不過美菜一旦下定決心就非常乾脆，她一向是這樣。用力眨了眨眼睛，緩緩道出事情經過。

對方似乎是在紐約遇到的男性，在那個說要去見阿伊父母的紐約。

美菜當然非常確信自己的性向，對於米拉的愛也沒有動搖。但卻受到那位男性吸引，結果滯留在紐約的期間一直和那個人在一起。當時似乎並沒有背叛米拉的感覺。有米拉這個重要的人，以及和那個男人在一起的事情是不互相違背的。因為那個男人「和其他人不一樣」。

「怎麼不一樣？有哪裡不一樣？」

美菜吸了吸鼻子。這在美國應該是非常下流的行為。所以美菜現在一定是完全用日本人的身分面對自己，不知為何阿伊想著這種奇怪事情。

「阿伊，不知道妳記得嗎？」

「什麼？」

「高中的時候，有個說要去當爵士樂手引發騷動的人。」

心臟聲非常吵鬧。

怎麼可能忘記。內海義也，阿伊的初戀對象。美菜的意思是說她和內海義也發生關係嗎？懷了他的孩子？

「我之前就知道他在紐約。有天晚上去聽了他的演奏。覺得好懷念喔，真的。他雖然不記得我的事情，但聊起高中以後他就想起來了。」

美菜說了好幾次懷念。她說這不是男女之間的戀愛，而是因為感到懷念而溫暖，所以肌膚相親。還說她也是第一次與男性發生性關係。而且感覺比想像中要來得好。

「那不就是背叛嗎？」

阿伊覺得自己的說話方式簡直就像是受害者，卻無法阻止自己。

「這很難說明。真的只是覺得很懷念。想起了好多高中時候的事情，而且我們都住在美國，有時候也會覺得寂寞嘛。聊著這些事情的時候，很自然就那樣了。我也沒有想到兩個人肌膚相親竟然可以那麼自然。而且對象還是一個男人。」

得要理解才行，阿伊握緊拳頭。

美菜並不知道內海義也是自己的初戀對象，而且自己現在已經有了裕這個相當棒的伴侶。美菜是好朋友，就算她有一個名叫米拉的情人，她的自由戀愛仍然是她自己的東西，美菜的性向也不應該受到世界拘束。然而……

「阿伊。」美菜深呼吸了口氣，「我打算拿掉孩子。」

沒辦法。

阿伊想著。

自己完全無法理解美菜。阿伊鬆開了拳頭垂下眼睛，雖然沒用力卻全身發抖，這是來自怒氣。阿伊明顯憤怒著。

「拿掉？」

「我和內海同學做的事情，雖然非常接近戀愛但卻不是那樣，而是更加平穩、屬於友情的極限。我愛的是米拉。沒有好好想過就背叛了米拉，我也覺得自己真的是做了蠢事。但我愛米拉。她離家出走、說要自己想想。所以我也努力思考，應該要怎麼做。就是這樣。」

「妳說妳要拿掉孩子？」

胸口好悶，手還是忍不住放在腹部。那已經不在這個世界上的孩子、沒能見到這個世界的生命。

「阿伊。」

「我不原諒妳。我沒辦法原諒妳。怎麼可以這樣。」

「阿伊。」

美菜的眼淚已經停了，但臉上的表情卻比幾分鐘前正在哭泣時更加苦澀。

「那是好不容易才形成的生命啊。妳知道那是怎麼樣的奇蹟嗎？說到底為什麼沒有避孕？說什麼友情啦懷念啦，只是為了快樂所以做愛而已吧？妳是在說妳不避孕、一點也不負責地懷個孩子，然後再殺死他。」

「怎麼說殺死。」

「不是嗎！」

眼淚奔流而出。明明不想哭的，卻停不下眼淚。

「阿伊，妳怎麼了？妳好奇怪呀。」

「一點都不奇怪！」

胸口好悶、喉嚨縮在一起，發出了咻咻氣音。

「我流產了。」

「咦？」

現在反而是美菜比較冷靜。美菜的烏黑大眼睛已經轉為想要關懷、安慰阿伊的眼睛，閃爍著光芒。

「我……流產了。」

「流產……阿伊，妳本來懷孕了嗎？」

「懷孕了。本來有的。但是流產了。在第十二週的時候停止心跳。我的孩子死了。」

馬上，真的是馬上就對於自己竟還多報一週感到羞恥。就只有在那瞬間覺得想吐。完全不明白為何自己要說這種謊。

「為什麼……」美菜說。

美菜一定是想說「為什麼不告訴我」吧。又或者是想要問「為什麼孩子死了」呢？這也是阿伊最想知道的事情。為什麼我的孩子死了？

為什麼？

為什麼會這樣？

阿伊在螢幕前崩潰失聲，她不想看見美菜的臉龐。

雖然可能失去唯一且無人能夠取代的好朋友，但也無所謂了。阿伊哭著關上了電腦。在關掉電腦以後，一直思考著那實際上並不存在的一週。

與美菜斷絕聯繫，就等於關上了通往世界的大門。理由和不看網路、或者不打開電視並不相同，那是一種身體欠缺了某個部分的感覺。

天氣好熱。

雖然知道每年都會有一次炎熱的夏天，但每到夏天還是會驚訝著「以前有這麼熱嗎？」

阿伊回想起從前與家人一起去輕井澤的事情。原本每年都會去輕井澤，是從什麼時候開始不去了呢？不需要細想，便馬上想起是因為美菜去了美國。明明可以自己一家人去就好，但美菜幾乎是他們的第四位家人。美菜與懷爾德家已經熟稔到幾乎可以說她是爸媽的孩子了。

阿伊曾經非常憧憬開朗又外向而直率的美菜。兩人明明同年卻覺得她像個姊姊，老說想見面所以聯絡自己的美菜卻又像個妹妹。每次聯絡父母親，他們也會詢問美菜的事情。聽他們說在紐約有吃了幾次飯實在很高興，還看到他們三個人一起拍的照片。但在那段時間之內，美菜卻去見了內海義也、與他發生性行為、還懷了孩子。而且她還打算假裝沒有這件事情。

阿伊心中尋求著美菜的心情，以及絕對不原諒她的心情全部攪和在一起，總覺得自己腦袋快要壞掉了。甚至還曾經想著，要是根本沒有認識她就好了。雖然很容易想像「至今為止」若沒有美菜將多麼乏味乾燥、平淡無奇，但若是必須承受這樣的痛苦，那麼一開始就不要認識美菜是不是比較好呢？

晚上睡覺的時候明明不想哭，卻流出了眼淚。小時候明明因為自己的出身，還有自己的想法而嘗盡各種孤獨滋味，但想到現在的孤獨，卻覺得胸口煩悶。就算心愛的伴侶就睡在身邊、就算有總是為自己著想的家人，只不過是失去了美菜，阿伊的孤獨就變得無邊無際。這實在令人害怕。

還不如自己一個人比較好。

那樣一定會比較輕鬆，阿伊不斷說服著自己。但身體仍然不聽使喚。每到夜晚就像個孩子般的哭泣，卻無法像孩提時代那樣與孤獨同行。

「這個世界上，i並不存在。」

大約過了一星期，阿伊才膽顫心驚地打開收件匣。當然也是想著或許美菜會寄郵件來，但還是希望有其他的理由。總是用Skype聯絡的父母親或許會忽然改成用郵件也不一定；說不定大學那兒會傳緊急郵件也不一定（雖然應該不會有那種事情）。

果然美菜有寄了一封信來。下定決心點開郵件，那是一封非常、非常長的信件。阿伊凝視著標題「給阿伊」好幾分鐘，雖然感到迷惘，結果還是忍不住開始讀起了文章。

和妳講完Skype已經過了兩天。

我想要馬上跟妳說話，也想要寫信給妳。但是因為內心感到非常混亂，我覺得我一定沒有辦法好好地說清楚，所以我這兩天自己拚命地思考。稍微冷靜一點了，所以寫信給妳。話雖如此，一定還是一篇內容非常雜亂的文章、而且大概會寫得很長，要是妳有空的時候能夠讀就太好了。

我還是一個人。米拉沒有回來、也沒有聯絡我。想來也是理所當然，畢竟我真的傷害了她。對於米拉來說這是雙重背叛的樣子。我和她以外的人發生關係是一種背叛，而對方還是一位男性，這又是另一種背叛。

米拉是一位比我還要有自覺的（如果可以這樣說的話）女同性戀。她從小就知道自己喜歡的是女孩子，似乎還把這件事情告訴家人。她的父母親，尤其是爸爸是非常保守的人，因此對於這件事情非常憤怒，她好像還因此而常被毆打。她有兩位哥哥，聽說她也常被哥哥們打。所以米拉她在家人面前得要裝作是個普通的異性戀。她得留長頭髮、穿著有女人味的衣服、和男孩子約會才行。她曾經說：「我十幾歲的時候根本就處於地獄當中。」

她在高中畢業以後馬上就離家出走，之後便斷絕了與家人的關係。她說：「離開家裡以後，我成為自己。」而且她還說，認識了我「終於找到自己的安身之地」。

我卻背叛了這樣的人。

我現在才真正感受到自己所做的事情有多沉重。我怎麼會做出這種事情呢？

但若是現在還能夠重新回到那個時間、回到紐約、見到內海同學的話，我想我可能還是會做一樣的事情。我覺得就算知道不久的將來我會如此痛苦、感受到這些困苦，還是會和內海同學發生關係。

我不知道為什麼會這樣認為，這真的很難說明。但那個時候見了內海同學，兩人會上床真的是非常自然的事情。那並非戀愛感情、也不是友情，就像是在打招呼、像是回溯各自的回憶，我們很自然地就坦誠相見。

我和內海同學聊了高中的事情，聊了很多。也說了妳的事情。內海同學也記得妳，他說妳「是個很棒的人」。

妳真的非常特別，有著萬分美麗的眼睛與漂亮的頭髮。

我現在仍然清楚記得第一次與妳見面的事情。或許妳不記得了，那一天是必須要去生物教室的日子。那時我們才剛入學沒有多久，而我沒有朋友。

我在國中的時候明白了自己的性向，知道自己與其他人不同。該怎麼說呢？所以我就變了。當然教室的風景並沒有改變、朋友也沒有改變，但是當我發現了自己真正的心情，就和先前不一樣了。這種心情就好像我一直將一把違反校規的刀子藏在書包裡那樣，萬一被其他人傷害之前，我得要先拿出刀子才行。

表面上我並沒有改變，一樣會和朋友去玩耍，也一樣一直是「權田美菜」。原本我比較開朗、而且也有朋友，但其實我是個膽小鬼。我根本不想要和大家不一樣，因為我沒有自信能夠自己一個人活下去。

但是明白了自己真正的心情，我還是覺得應該幫自己穿上盔甲。我的性向比較特別，而且今後還是可能會因此受傷，為了避免那個時刻到來，我必須要變強才行。那時候我才十四歲。現在想起來還是覺得會想哭。

所以在網路的留言板上面發現夥伴的時候，我真的非常開心。我認為那些人能夠理解我的心情。但是那些人並沒有實體，我還是覺得很害怕。如果發現了與自己有稍稍不同之處，就會覺得受傷、也曾經懷疑他們是不是在耍著我玩。

其實我在留言板上也說了謊。我會成為好幾個「我」。有時候是十八歲的女同性戀，很早以前就發現了自己的性向，而且還堂而皇之地公開，正在享受自由戀愛。有時候是十六歲的女同性戀，這件事情瞞著家人和所有人，一直有非常多的煩惱，是個楚楚可憐的女孩子。

在扮演著各式各樣的「我」的時候，自己變得非常曖昧。所以我才想要成為一個自己理想中的自我。心想若是上了高中，我就要成為一個自己理想中的女性，並且那樣活下去。

我得要成為一個強悍的十五歲女性才行。就算沒有朋友也沒關係，帶著孤獨的氛圍、清楚說出想說的話，成為一個大家另眼相看的女孩子。我是下定這樣的決心進入那所高中的，然後我認識了妳。

進了教室以後，我一直好在意妳。這和我的性向沒有關係，因為妳是特別的。當然首先是因為妳的容貌和大家都不一樣，但我會受到吸引，是因為妳那無可救藥的獨自一人感。

人類不管與誰在一起、就算每一秒鐘都不是自己一個人，但說到底，還是絕對的獨自一人。看著妳的時候我是這麼想的。妳懂嗎？妳完全就是孤獨的化身。

我馬上就明白，妳有生以來一直都是面對自己的內心而活。大概內心抱持著我十四歲時懷抱的孤獨所遠遠無法相比的東西。

我希望妳不要誤解，這並不是因為妳是個養女。

認識了妳以後，我也稍微研究了一下領養的事情。雖然在妳的眼中看來我應該幾乎算是無知，但我還是想要了解妳的事情。我的確了解到幾件事情。雖然實在一言難盡，但當中最簡單而且重要的就是「被領養人無法一言以蔽之」。

比方說芬蘭和挪威有很多從韓國領養來的孩子。有些人會煩惱「我不知道該如何認同自己的身分」，也會有人認為「我生來就是芬蘭人」或「我是挪威人」。有些人會打從心底深信養父母就是自己的爸媽，也有些人不會這麼想。在想要去韓國的人當中有些人會覺得「我想要尋找自己的源頭」；也有人表示「我只是想去觀光而已」。「無法一言以蔽之」這種表現方式並不是逃避現實，只是正確地表達出來。

我認為阿伊妳就是妳。

妳就只是妳而已。

妳所懷抱的孤獨，當然可能是因為妳站在自己是個領養的孩子的立場，但我認為原因更重大的是妳本身的資質。妳是個生來就明白孤獨、聰明而纖細的人。

這我明白（妳應該不喜歡自己這樣被分析吧？但這對我來說很重要）。

阿伊是孤獨的。妳是獨自一人。

同時也是接受這件事情、全部獨自承受、挺身面對的人。

我真想馬上和妳交朋友。但是有許多人都向妳搭話，我根本無法靠近妳，所以只能遠遠的觀察。後來我發現在大家和妳說話的時候，該怎麼說呢？我明白妳有那種心裡不舒服的感覺。該怎麼說才好？我覺得妳好像心裡想著「得笑才行」那樣（這是我自己這樣覺得！）。

所以我想用和其他人完全不同的方式接近妳。目的不是要找妳說話，而是在日常中毫不特別的瞬間，妳剛好在那裡的感覺。

妳很驚訝吧？覺得很噁心吧？

但我是下了很大的決心才向妳搭話的。當然是全力展現出我理想中的自己、那個堅強的自己。所以當妳和我成為朋友的時候，對我來說簡直就像在做夢一樣。我在妳面前可以毫無掩飾地笑出來、也可以隨口說著笑話。

這樣寫起來，或許會覺得我在妳面前一直都在演戲，但並不是這樣的。我覺得在妳面前我才成為自己了。當然那是我理想中的自己，但是在妳的面前我就完全不必勉強自己。妳真的讓我擁有真正的自己、那個我理想中的真正的自己。

雖然在告知我的性向以前花了不少時間，但我認為妳絕對不會評斷我。而且確實如此。那是我打從心底強烈想著和妳成為朋友實在太好了的時刻。阿伊，謝謝妳成為我的朋友。

阿伊比想像中還要來得聰明且纖細。

而且果然身處於我遠遠不能相比的孤獨當中。先前妳說過自己把死亡人數寫在筆記本上對吧？那個時候雖然我還不知道這件事情，但我總覺得能夠理解妳會這麼做。

阿伊為了各式各樣的地方發生的各式各樣悲劇而感到心痛，心痛到幾乎讓我有些擔心。我記得妳也說過類似的事情，所以還擔心過「阿伊這孩子難道不想要獲得幸福嗎？」但我希望，那麼至少和我在一起的時候要是幸福的啊，但仍然很困難。有時候就算和妳一起聊天，妳也好像在想著某個相當遙遠的事情。雖然我想了很多，但還是決定不要把那樣的妳勉強拉回我這邊來。妳真的思考了很多我根本無法想像的事情。雖然看起來很痛苦，但我覺得這就是妳的魅力。阿伊很溫柔，真的非常溫柔。

所以妳能夠認識佐伯先生，我真的覺得非常開心。是真的，我高興到哭了一整個晚上（我真的非常悔恨，證人米拉現在不在這裡）。

因為阿伊不曾有過忘我之事，所以妳沉迷於某個人當中，這件事情真的讓我非常開心，而且佐伯先生也是個很棒的人。最重要的是妳看起來很幸福，所以我也很幸福。當妳說想要生孩子的時候，我也覺得這樣一定很棒！我打算成為孩子的第二位母親，這不是開玩笑的。雖然很奇怪，但我覺得如果能和阿伊一起養育妳的孩子的話，一定非常幸福吧！畢竟以我的性向來說，要有孩子是很困難的。

但卻變成這個樣子了。

對這意想不到的事情，我真的大為震撼。我不知道該如何是好。我完全不知道妳在這段時間裡有那樣痛苦的經驗。我覺得自己根本沒有資格當妳的好朋友。我應該要在妳減少聯絡的時候，就注意到發生了什麼事情的。但我卻煩惱著自己的事情。

我必須要向孩子道歉。雖然我不後悔與他發生關係，但既然沒有想要孩子，就應該要好好避孕。因為我不曾和男人發生過關係，所以太過不小心，但我覺得這也不過是藉口罷了。總之我就是和人發生關係，而且還懷了孩子。說老實話我認為不能夠養育這個孩子。畢竟要顧慮到米拉的心情，而且我也不認為自己能夠成為母親。

要寫這種事情真的很痛苦，但我不想被妳討厭（說不定妳已經討厭我了）。但我想告訴妳真話。我不想說謊請求妳的原諒，我想要老實地說出自己的想法。

我不需要為了孩子的事情向阿伊道歉。

我認為也不需要對於社會、或者對於不孕而痛苦的人道歉。

因為我自己的決定和大家的身體是兩回事，我的身體是我的東西。

但我身為朋友，希望能夠成為阿伊的靠山。我是打從心底這麼想的。就算阿伊討厭看到我了，我也還是想著妳的事情。阿伊是我無可取代、最重要的好朋友，是賜予我真正自我的，最重要的人。

在妳痛苦的時候，我無法在妳的身邊、也沒有辦法聆聽妳的話語，真的讓我感到非常悔恨。

我記得我曾經說過「最喜歡妳」，現在依然沒有改變。我最喜歡阿伊了，真的最喜歡妳。

我祈禱著阿伊有一天能夠取回自己的心。我會一直祈禱的。就算妳討厭我了，也請妳允許我繼續祈禱下去。

獻上我所有的愛。

美菜

阿伊哭到喉嚨都乾了。

第一次見到美菜的情景、走向生物教室的那條路徑、輕井澤的飯店，還有那讓她們聊也聊不完的速食店難坐的椅子。

這些記憶都非常鮮明、從來不曾忘記。從來沒想過那樣開朗而又潑辣的美菜，居然要提起勇氣才來向自己搭話，而且她居然是這樣想自己的。第一次交到的好朋友、我最重要的人。

阿伊在電腦前動彈不得，身體拒絕所有機能的運作。雖然拚了命地按下「回信」鍵，卻沒辦法寫下回信。怎樣都寫不出來。

手指剛碰到鍵盤，那天的事情就像跑馬燈一樣甦醒。手術臺上眩目的照明、從肚子裡被刮走的胎兒，疼痛。痛。

阿伊哭著闔上了電腦。她實在無法原諒美菜。無論如何都無法原諒那個自己說要把自己的孩子「搔刮」掉的美菜。

通往世界而闔上的那扇大門，比阿伊想像的還要頑固且沉重。

「這個世界上，i並不存在。」

父母親從紐約回來了。

兩人和阿伊及裕共四人一起去吃飯。那是位於駒場的小小餐館，是綾子決定要短暫回國以後，在網路上查到的店家。

「我一餐都不想浪費啊！現在已經是人生的後半段了呢。」

雖然綾子是這麼說，不過其實她從年輕的時候就對於吃的東西相當貪心。就算是自己做的東西，也不惜耗費工夫、留心一定要在最棒的狀態下吃那些東西。阿伊認為綾子這樣的態度，就是她對於生存這件事情的態度。綾子總是盡全力在活著。

而丹尼爾也是一樣盡全力在活著，不，甚至可以說有過之而無不及。久未見面的丹尼爾肌膚晒成了小麥色，手臂也變得相當有肌肉。丹尼爾的樣子年輕又強悍，幾乎連四十五歲的裕都比不上。

「您好像變年輕了呢。」

聽見裕這麼說，丹尼爾開心地拍了拍他的背。

「我還不能輸給你啊！」

晚餐非常平穩、有著優美的禮節。大家都因為丹尼爾的笑話而笑了，喝掉了兩瓶紅酒。就連店裡的服務生，似乎也看起來非常開心能夠來到英文和日文交雜的這張桌子。

裕似乎也打從心裡感到開心。他這幾星期來一直都在照顧著封閉的阿伊，所以他能夠稍微感到快樂些，阿伊也覺得相當高興。有時兩人對看了一下，裕就會對著阿伊微笑，有時還會握握她的手。
但阿伊一想到可能還有另一種度過這時間的方法，就覺得胸口好沉重。
綾子會問，阿伊怎麼不喝紅酒呢？向裕使了個眼色以後，兩人告知父母親已經懷孕的事情。原本這個時間應該是那樣的。他們兩位一定會很開心，綾子可能還會哭出來呢。
隨著年紀增長，綾子的淚腺也越來越脆弱。綾子並不會恥於為了世界上發生的悲劇而心痛流淚，而丹尼爾也打從心底愛著這樣的綾子。對於整個世界，他們倆從未改變過那真摯的態度。
如果自己有了孩子，會像父母哪一邊呢？
能夠繼承他們的真摯嗎？
會這樣想，是因為阿伊已經醉了。好久沒喝紅酒了，丹尼爾挑選的黑皮諾好喝到令人感到驚訝，但阿伊實在無法感激這個自己能夠毫不猶豫喝酒的狀況。
就算自己生下孩子，那孩子也不會像丹尼爾或者是綾子。這件事情不知為何讓阿伊非常悲傷。即使如此，孩子還是會像裕，自己會生下一個有著裕以及自己血緣的孩子。就算這樣告訴自己，悲傷依然無法遠離。在這祥和美麗的餐桌上，阿伊忍不住想要哭出來。想來並不只是因為許久沒有接觸的酒精。阿伊去了洗手間，在那裡站了好一會兒。鏡子裡的自己一臉疲態令人驚訝，看起來簡直不像才二十幾歲。

回到座位上，丹尼爾和裕正熱烈地說著話。海地的事情、日本的事情，兩人有時會意見不同，但仍然持續對話。他們兩人能夠一直針對某些事情真誠思考，讓阿伊感到眩目不已。阿伊幾乎已經放棄了思考，不管是海地的事情、卡塔莉娜的事情、日本的事情，還是敘利亞的事情。

當丹尼爾和裕開始聊起了敘利亞的時候，綾子把手輕輕放在阿伊的手上。綾子左手的無名指上戴著漂亮的戒指。阿伊想著，那樣有著複雜雕刻細緻的戒指，肯定不適合自己吧。

幾天後，綾子約阿伊去吃午餐。

指定的地點是位於神樂坂的壽司店。

「聽說他們的散壽司很好吃！」

這間店當然也是綾子調查以後預約的。綾子迅速地連同阿伊的菜單也決定好，像個女學生一樣歡欣鼓舞地喝著茶。

「哎呀，茶也很好喝呢！」

散壽司的確非常好吃。更重要的是東西美麗到令人不禁嘆息。橘色的鮭魚卵像寶石一樣閃閃發光、鮮豔的黃色蛋絲與染成淺粉紅色的蓮藕，就好像宣告著那一小片土地的春天已經來臨。阿伊覺得自己好像已經很久沒有吃到這樣細心製作的食物了。

「果然日本料理真的很棒呢。」

兩年前日本料理被登記為無形文化遺產。在紐約，只要餐廳冠上了日本料理之名就會大受歡迎，尤其是拉麵店，就連堅決不排隊的紐約客也都忍不住排起了隊伍。

「拉麵可以算是日本料理嗎？」

「就是說嘛。不過以前我和丹尼爾去中國的時候，其實那邊並沒有日本這種拉麵呢。還有豚骨之類的，那個應該可以說是日本自己的口味吧？在紐約也很受歡迎呢！真的很受歡迎。」

「豚骨很受歡迎?可是……」

阿伊猶豫著自己原本打算說出口的話,但再想想果然還是很奇怪。

「穆斯林不是不能吃嗎?」

「實際上好像有人也會吃呢。」

對於綾子這稀鬆平常的回話,阿伊不禁愕然。不管是不是有人會喝豬熬成的高湯又或者並不會喝,現在的阿伊其實並不想談論伊斯蘭教徒的話題。

但是綾子卻說:「他們的心情應該也很複雜吧。」

看來是避不開這個話題了。

「想到巴黎的事情就覺得很心痛。」

剛過完年的一月七日,位於巴黎十一區的查理週刊遭到多名武裝犯人襲擊,共有兩名警員、總編、諷刺漫畫負責人及專欄執筆人員等共十二人遭到殺害。理由是查理週刊出版的報紙上冒犯了預言者穆罕默德。

這個事件造成了眾人對於伊斯蘭教徒的偏見更加嚴重,也引發法國國內騷動。在巴黎街上有追尋報導自由而高舉「我是查理」口號的遊行隊伍;一部分自稱是民族主義支持者的人，在各地引發各種引起伊斯蘭教徒反感的事件。這件事情也擴散到世界上其他地方，據說就連在紐約，大家和穆斯林之間也都相當緊張。

「……原來是這樣啊。」

阿伊說不出其他的話語。總覺得不管自己說了什麼，話題一定還是會轉到敘利亞去。阿伊討厭因此而感到畏懼的自己。

「阿伊。」

但阿伊無法如願。綾子的聲音已經洩漏著疼痛的氣息。

「對於敘利亞的情況，妳是怎麼想的？」

敘利亞的悲劇無邊無際。

世間原先料想趁亂而囂張跋扈的ＩＳ應該會日趨衰弱，然而他們愈發巨大化，使人群陷入恐怖的淵藪。帕邁拉遺跡遭到損毀，有許多失去家園的人遠渡重洋而去。聯合國發表聲明指出這是「本世紀最大的人道危機」。

阿伊還清楚記得幾天前那覆蓋在自己手上的綾子左手。雖然綾子並沒有看向自己，阿伊也盡可能不要看綾子，但那隻手上有著安慰的氣息。綾子理解丹尼爾和裕無意間聊起了敘利亞，那些事情會讓阿伊感到心痛。這種想法一半正確、一半則是錯的。

想到敘利亞的確會很痛苦，正因為痛苦所以才不去想。一開始是為了孩子。因為懷孕最大的敵人就是壓力。這是真的，但阿伊其實只是把那當成一種藉口來逃離敘利亞。

「被領養人無法一言以蔽之。」

心中浮現了美菜的話語，實際上的確如此。當「祖國」發生悲劇的時候，有人會感到心痛、也有人會認為那是與自己毫無關係的事情而置身事外，同時也有人不認為那是「祖國」，僅僅認為那是世界上發生的悲劇，以身為一個在國際社會中的人這樣的身分感到至少該有的心痛。

阿伊不曾見過其他來自敘利亞的被領養者。聽說世界上最有名的企業家是來自敘利亞的養子時曾經略略為之震撼，但並沒有長久持續下去。身為敘利亞移民之子，之後被美國人父母收養的史蒂夫·賈伯斯，與自己的距離實在過於遙遠。確實自己與賈伯斯有著相同的源頭，但是阿伊並不認識其他有著分別來自美國與日本的養父母、最後住在日本的美國籍敘利亞人。

在養父母當中，似乎也有一些領養了同一個國度孩子的人會互相往來聯絡，但丹尼爾和綾子不做這種事情。他們並非主動避免，而是不以自己的身分來營造「那種場合」，心裡想的是如果哪天阿伊希望這麼做的話，他們就會盡可能提供協助。阿伊雖然理解他們的想法，但是自己並不想這麼做。

「敘利亞那邊……」

來自敘利亞的被領養者們，對於現況又是怎麼想的呢？

「我認為真的是讓人很難過。」

他們會怎麼說呢？但是將「他們」全部劃分在一起的時候，就已經是不可能的事情了。「被領養人無法一言以蔽之」這話實在沒錯。也就是說，阿伊並沒有自己的意見。如果不想像一下其他的「某個人」的話，就無法針對這件事情發表意見。

和小時候一樣。

阿伊回想著自己的童年，自己被詢問意見卻沒有意見，只希望能夠和大家說的完全一樣。因為想不出要說什麼，也明白造成了大人的困擾，但還是什麼也說不出來，結果哭了起來的那些時刻。現在的自己也是這樣。原先還以為早就脫離幼年時期了，還想著要抱抱那時候的自己，但其實自己根本從未改變。

綾子的態度也未曾改變，她始終等著阿伊把話說出口，以她那黑白分明的美麗雙眸凝視著阿伊。

「……真希望這種悲劇能早點結束。」

自己說出口的話真是空虛，就連個範本都稱不上。真的是毫無內容的回答，也就是阿伊完全沒有想法。

「這個世界上，i並不存在。」

阿伊垂下了眼。

散壽司已經吃完了，服務生將清涼的葛餅甜點送到兩人桌上。阿伊沒有伸手拿甜點，而綾子也是。這對於幾乎把「熱的東西就要趁熱吃、冰的東西就要趁冰的時候吃」當成信念的綾子來說，是非常稀奇的事情。

「阿伊。」

阿伊非常害怕綾子要說些什麼。她明明是自己的母親，會這樣想也讓阿伊感到痛苦。又或者說，是因為綾子並非「真正的母親」所以才會這樣想呢？都這把年紀了，事到如今才這麼想嗎？

「妳有想知道真正的爸媽嗎？」

阿伊根本無法看向綾子。不是因為不想看見綾子，而是不想讓她看見自己的臉。

「我們幾乎不知道他們的情況。領養孩子的時候，也有些人會非常想知道孩子親生爸媽是誰，但我們並沒有這麼想。我應該有說過吧？我們只是看著妳的照片，覺得怎麼會有這麼可愛的孩子呢？覺得這樣就夠了。就只是這樣，就覺得妳是我們的孩子。但是……」

綾子不看阿伊的反應而一路把話說下去，這也很少見。想來綾子也是有點緊張吧。

「如果聯絡領養機關，應該還是可以了解到某個程度。如果妳希望的話。但也很可能難以追蹤就是了。」

難以追蹤。也就是說，阿伊真正的爸媽無法過著安穩的生活。雖然這只是綾子的推測，但看敘利亞的現況來說，會這麼想也是理所當然。

「真的，如果妳希望的話。阿伊。」

小的時候綾子總在說這種話之前，緊緊擁抱阿伊。

「妳是我們的孩子唷。」

她這麼說完，總是緊抱著阿伊好久好久，然後說：「不過，若是……」

接下來是一長串的話語。那是考慮到阿伊身為「養女」立場的事情。我們夫妻倆是真的很愛妳，打從心底覺得妳是自己的孩子。但是妳有知道祖國和真正爸媽的權利，如果妳希望的話。

現在綾子沒有擁抱阿伊。不是因為不顧慮她了，而是因為阿伊已經是個大人。阿伊不是需要保護的弱小孩子，而是應該能夠相信養父母愛情……不，該說是不需要更多養父母愛情、擁有自我意志而獨立的堂堂大人了。

但阿伊希望能獲得擁抱。

希望綾子能像自己小時候那樣，緊緊擁抱自己。

回想起童年，浮現在阿伊腦海中的是悲傷以及痛苦。對於世界不均衡感到悲傷的自己、對於身在福中而感到痛苦的自己，總是能夠鮮明復甦。但這是阿伊選擇了那些回憶。在為數眾多的回憶當中選擇那些，並且期望身處那些漩渦中的，是阿伊自己。

當然阿伊的幼年時期並不只有那樣。她完全錯過了那個受到愛情呵護、充滿喜悅的童年。阿伊現在猛然回想起那個瞬間，當時尚未想到自己是被保護著的，就先感受到綾子擁抱自己的溫暖。那個瞬間完全只有幸福感，而現在自己想要的就是那個。真希望能被抱住。告訴我沒問題、給我溫暖。就算身體已經變成這樣了也不變。

聽說有些孩子因為在小時候聽到養父母問「想不想看看祖國」，就恐懼著「是不是要趕我走了」或者「是不是有人要把我帶回去」。阿伊也曾經這樣想。當然她現在已經不是孩子，是個已婚、有美好伴侶的獨立社會人士，但那種恐懼感仍未消失。

當然不可能會被趕走、也不可能被誰帶走，那麼那份恐懼又是從何而來的呢？

「這個世界上，i並不存在。」

是那個聲音。說自己並不存在這個世界的……那個聲音。曾經訣別的那個聲音，現在仍在阿伊身旁。

想要孩子。

這個念頭從未如此強烈。不管是懷孕前、在剛人工流產後，都不曾如此強烈。

想要孩子。

想要一個有自己血緣的孩子。

想要一個能讓我存在這個世界上、無法動搖的理由。孩子身體裡流動的血液，應該也是溫暖的吧。而那種溫暖，應該比小時候母親給予的溫暖，還能夠帶來更加強烈的感覺。

「我……」

阿伊才開口，就感受到綾子豎起耳朵。

「並不覺得自己想知道。」

綾子口中冒出了「真……」卻沒把話說完。大概本來想要說「真的嗎？」吧。

「並不覺得想知道，嗎？」

阿伊盡可能不要用過於冷淡的語氣。雖然並沒有特別想知道自己親生父母親的下落，卻希望綾子能夠明白自己為敘利亞感到心痛。但也覺得自己對於「母親」是這樣的想法，實在非常奇怪。

葛粉都變得溫溫的了。

阿伊的身體隨著炎熱度逐漸鬆弛。

畢竟一直吃零食又不運動，這也沒辦法，但總覺得不是只有身體這樣，而是自己精神的某個部分，心靈的前端開始融化的感覺。更何況父母親也回去紐約了。

裕一樣因為每天到處都有的遊行攝影、進入夏季以後的國外攝影工作等，老是讓家裡空蕩蕩。雖然這也是讓阿伊能夠獨自一人的溫柔，但那個時候才開始理解到，裕自己也受了傷吧。還沒有考慮重新開始治療。兩人也沒有提到孩子的事情。

好不容易有天能夠兩人一起吃晚餐，阿伊非常努力地做了許多菜。希望至少能夠在裕面前要稍微振作點。油炸著夏季蔬菜而滿身大汗，在吃飯前先去淋了個澡。但洗完澡以後就失去了精力，也沒什麼力氣說明菜色。兩個人幾乎是沉默不語坐在餐桌前。

晚餐後裕詢問阿伊：「開個電視好嗎？」阿伊則因為懶惰而點了點頭。裕用遙控器轉過幾個綜藝節目以後，停留在新聞節目。

「遊行的事情幾乎都沒有在新聞裡播出呢。」

裕像是喃喃自語的說著，阿伊則對於身上再次冒出的汗珠感到不耐煩。

「接下來是敘利亞情勢。」

主播在說出這句話的時候，臉上的表情有些僵硬。

「歐洲各國被迫面對難民接應問題。」

歐洲開始有各種排斥難民的遊行活動，還發生了襲擊收容設施的事件。

裕和阿伊都一語不發。螢幕上是衝向鐵絲網的難民、小小橡皮艇上滿到幾乎要掉出來的難民。

「妳有想知道真正的爸媽嗎？」

耳邊響起綾子的聲音。阿伊自己明明沒看見，但甚至能夠想像出綾子因萬分緊張而有著些許動搖的眼瞳。

螢幕上的敘利亞人、流著眼淚喊叫著的敘利亞人當中，是否有自己的父母呢？說不定自己已經看到了？又或者他們早就犧牲在攻擊之下。搞不好連墓碑都沒有、成為破破爛爛的遺體。

阿伊看向了裕。他說阿伊誕生是個奇蹟的人。他說阿伊生為敘利亞人、離開敘利亞來到充滿愛情的丹尼爾與綾子兩人身邊、在日本度過了青春期、然後出現在自己眼前，是個奇蹟。阿伊那時認為，自己是為了與這個男人相遇而誕生在這個世界上，歷經無數的奇蹟而來到此處。

對裕的愛情沒有改變，但已經無法像那時一樣打從心底對於自己在此感到喜悅。人心如此不可靠實在令人感到寂寞。曾經覺得自己獲得一切的那段時間，已經連點碎片都不存在阿伊身體的任何角落。

裕仍然沒有開口。他沒有開口、也沒有去碰遙控器。他一定是顧慮到自己，阿伊一這麼想便覺得實在很悲哀。

「敘利亞……」

阿伊一開口，裕便看向了她。臉上的表情寫著某種覺悟。那表情稍微傷到了阿伊，因為自己竟讓他感到害怕。

「你會不會想去拍敘利亞的照片？」

完全不是什麼隨口聊聊。一邊覺得自己想說的並不是這種話，卻已經說出口，來不及了。阿伊對於暑氣感到煩躁。

「敘利亞的照片？」

「對，敘利亞的照片。敘利亞難民們的照片。」

裕似乎在評估著阿伊究竟想說些什麼。他思考了一陣子，然後平穩地回答：「但我不是報導攝影記者呢。」

「那遊行的照片呢？」

「那個只是我自己想拍的。該怎麼說呢？我喜歡那些去遊行的人們的面孔。」

「是在變化漩渦當中的面孔對吧？」

「對，妳記得呀。」

裕笑了。眼角擠出皺紋、嘴角也猛然提起。就算是這種時候，他的笑容還是像個少年。

「我想看你拍的照片。好久沒看了。」

「真的嗎？」

「嗯。」

以前總是因為想知道裕看到什麼樣的風景、遇見什麼樣的人，而老是吵著要看他拍的照片。兩人一起盯著那老舊數位相機畫面的時間，對阿伊來說、同時恐怕對裕來說，都是非常重要的時間。

「來，給妳。」

裕遞過來的相機那沉重感令人感到懷念。阿伊總是對於快門鍵的磨損程度大為感動。一想到裕一直摸著這個地方，就覺得實在令人憐惜。

開了電源，那小小的畫面上便出現了照片（這臺相機不是工作用，而是他私人用的，因此裡面拍攝的幾乎都是遊行的照片）。

照片當中的人怒氣沖沖。大家都舉起了拳頭、把標語放在胸前，當中還有人在哭泣。阿伊覺得那種氣氛、那個和大家走在一起的夏天實在令人懷念。

那個時候也是這麼熱的嗎？如果是這樣的話，就是在這種暑氣當中待在外頭那麼久、還一直喊叫著囉？簡直不敢相信自己能做到那種事情。阿伊忽然覺得自己年紀大了。明明才二十幾歲，卻好像是已經放棄了許多東西的老太太那樣。

「啊。」

在遊行照片之間，忽然出現了自己的臉龐。對於這意料之外現身此處的「現實」，阿伊不禁感到錯愕。那是比現在還要纖細的自己。想來這一定是剛確定懷孕的時候吧，那幾天裕非常開心地拍攝高興歡呼的阿伊。

心好痛。

原來還這麼痛。

阿伊感到非常驚訝。原來自己對於發生的事情還有著如此刻骨銘心的痛苦。日常生活明明一天天過去，心靈卻會在某個瞬間被拉回過去那個時間點。而且如此容易。

阿伊的照片有好幾張，那臉龐美麗到連阿伊自己都大為驚訝。當然那不是自己刻意打扮出來的樣子，而是因為那時自己被包裹在喜悅當中，而裕也打從認為那樣的自己非常美麗。

「我之前很瘦呢。」

阿伊努力要拉出微笑。看向裕，他並沒有在笑，而是低下眼睛，回想著某些過往。阿伊忍不住按了下一張照片，仍然是遊行的照片。

「好多人。」

那從較高之處拍攝的照片拍出了萬頭攢動的人群。

「噢，這張是在首相官邸前，我爬到樹上拍的。雖然馬上就被警察拉下來了。」

炎炎酷暑當中聚集了如此多人，當中的熱量有多可怕呢？阿伊覺得似乎能聽見他們的喊話，彷彿還能聞到他們的汗臭味。

「反對安保法案」

「聆聽國民聲音」

當中有高舉著各式各樣的標語，拿著標語的人都凝視著某處，看起來就像絕對不會轉開眼。

吸引阿伊注目的是個肚子隆起的女性，她懷孕了。裕大概也是這樣而受到吸引。後面的照片都是那個人的近照。阿伊一語不發，裕也沒說話。

那個人手上拿的厚紙板上寫著：「不要讓我的孩子去打仗」。

那是略帶圓潤感的文字，想來是位年輕的母親。毫不客氣寫在厚紙板上、略為孩子氣的字跡，那種不客氣的程度、孩子氣的程度都確確實實展現在照片上。

「不要讓我的孩子去打仗」

全世界都有戰爭。

這不是遙遠的過去或者未來的事情，而是現在。敘利亞的悲劇騷動始終沒有結束。這是戰爭，是人殺人的戰爭。而成為犧牲者的只是一般人、無辜之人。

「敘利亞的……」話就這樣冒出口：「你不想去拍拍敘利亞的現況嗎？」

「咦？」

阿伊不明白自己為何會說出這種話。正確來說根本是脫口而出。

「我剛才說了，我又不……」

「不是報導攝影記者對吧，我知道。不過你不會想拍嗎？那是在變化漩渦中的國家啊？是處在變化漩渦中的人類面孔呀。」

裕一臉痛苦。但阿伊實在無法體貼他，同時也對於自己的殘酷感到驚訝。我到底想問他什麼呢？

「我認為這是我想拍、但不可以拍的東西。」

「什麼意思？」

「我認為，如果我是一個攝影師所以想拍，這樣是不行的。這不是我為了自己興趣而拍攝就可以去拍的東西。那種變化並不是他們所期望的。當然我不曾因為自己的興趣而覺得想要拍敘利亞。我打從心底覺得敘利亞的現況非常悲傷，一想到那些遭受虐殺的人，還有被迫遠走他鄉的人……」裕頓了一頓：「就覺得心要碎了。」

裕在發抖。雖然那是很難看到的顫抖，但阿伊明白。

「如果我的照片能夠幫助他們，那我就想做。但我不是報導攝影師。我並不是要將這些事情傳達出去，只不過是想拍而已。」

「所以說，如果是報導就可以囉？」

「……如果有明確的意志要把這件事情傳達給全世界的話。」

「但是，比方說，就算是有著這樣明確意念的人，也會有些瞬間考慮到那是自己的照片吧？我想一定還是會有人覺得，太好了，我拍到好照片。」

「……攝影師的個性的確如此。沒錯，我想應該是有人這樣。」

「那麼，那些人和你有何不同呢？什麼程度是為了意志、什麼程度又是為了自己而拍的照片，要怎麼評斷呢？」

「很難呢，那種事情。真的……非常困難。」

電風扇呼呼響著，聽起來與飛機的聲音有些相似。如果在不同的地方聽見了，如此和平的聲音是否也會馬上喚起恐懼之心呢？

「那麼，我呢？」

「咦？」

「如果我拍敘利亞難民的照片呢？」

阿伊也覺得自己說的話很奇怪。她對攝影毫無興趣，只是因為裕在拍照，所以覺得相機有親切感。那臺沉重、滿是傷痕的相機。自己到底想說些什麼呢？

「妳想拍嗎？」

「不，不是那樣的。」

明明都這樣說了，裕卻直直看向阿伊。

「如果妳想拍的話，我認為妳有那個權利。」

「權利？」

「嗯，因為妳是在敘利亞出生的。」

「但是我完全沒有敘利亞的記憶。我只有在美國的記憶，和在日本的記憶。」

「但妳的源頭還是敘利亞。」

「就只因為那樣，我就有攝影的權利嗎？」

「至少比我有權利。當然我是絕對不希望妳去，而且我認為妳不應該去。」

內心紛亂，現在還搞不清楚自己到底在想什麼。

「權利，這樣說很奇怪。」

權利。自己是對權利這個詞彙產生反應嗎？不對，權利背後還有些什麼。阿伊試著將手伸向後方。

「你和我到底有何不同？」

裕一臉困擾。「剛才我也說了……」

「你說因為我的源頭是敘利亞，所以我有拍攝的權利。但因為你不是就沒有，這樣很奇怪。因為你明明如此關切敘利亞。」

說到此處阿伊猛然發現，這實在是太奇妙了。什麼很奇妙？不是裕，而是自己。

「地震的時候……」

在思考以前，話語已經流瀉出口。阿伊努力思考著、試圖掌握住自己的話語，總覺得好久沒用腦了。這不是用來處理數學的腦，沒有要躍身進美麗世界，而是用來解放自己思考的工作。

「地震的時候，我想著要留下來。爸媽和美菜都在美國，也都叫我到那裡去躲一躲。我明明沒有被什麼東西束縛，飛去美國也不是不行，但我卻沒去。」

所以才能認識裕，從前阿伊是這麼想的。而打從心底深愛的男人，現在就在眼前等待自己的話語。說起來他那直率的眼神，與美菜有些相似。不，不只有美菜而已，也很像丹尼爾、也像綾子。

「那個時候，我認為自己應該留下來。只要留下來，我一定……」接下來的話真不想說出口，真不想讓裕知道這種事情。但是話語已經衝出口，根本來不及摸索。

「就有敘述生命危機和那種恐懼感的權利。」

救命啊！

那時候的吶喊仍迴響在阿伊耳中。阿伊希望能夠得到發生在自己身上的危機、發生在自己身上的恐懼、和講述那些事情的權利。之後又覺得竟想獲得那種權利的自己，無比令人感到羞愧、令人輕視。

「那樣子實在非常傲慢。光那樣怎麼可能了解受災之人的心情。」

這件事情也和美菜說過。對了，這些事情已經全部告訴過美菜。

「但是，」那時候美菜是這樣說的：「我認為如果想到某個人而覺得痛苦，就算自己無能為力也應該要痛苦。而且應該要珍惜那種痛苦。」

阿伊回想起美菜，那晒黑了的臉龐、那直率的眼神。

「我認為只有自己身在漩渦中的人，才能夠講述那種痛苦。當然，絕對不可以光憑著興趣或者嘲弄踐踏他們的心情。但是，就算人不在漩渦中，也可以想著他們而感到痛苦。我認為那種痛苦會擴散開來，而成為不知名的某人想像的空間。在漩渦中的痛苦是怎麼一回事，雖然只能用想像的，而且或許無法成為實際上的力量，但是『想像』這件事情，能夠讓心靈、思念更加接近。」

不知何時話語已經走在思考的前頭。阿伊拚命循線追尋著話語的軌跡。這行為和想像被領養的孩子「他們」的時候是不同的。阿伊不是為了逃亡，是為了思考而追尋著話語。

「發生在我身上的事也是一樣。嬰兒在我體內死了，這種悲傷是我的、自己的，但是，就算是沒有經歷過這件事情的人，也能夠想像我的悲傷。就算不是發生在自己身上的事情，也能夠思念著、一起痛苦。雖然光靠想像的力量沒有辦法帶回死去的孩子，但是……」阿伊深深吸氣，「可以帶回我的心。」

說出話的瞬間，眼淚也奔流而出。原先以為自己是很悲傷，但不是這樣。阿伊想見美菜。自己是因為想見美菜而哭泣。

美菜寫著「妳讓我擁有真正的自己」，明明自己才是這樣。美菜是那個讓自己真實存在這個世界上的人。是將自己那毫不可靠的輪廓，一點點加深、加濃來肯定自己的人。和美菜在一起的時候，從來不曾聽見過那個聲音。從來沒有。

「阿伊。」

裕看著阿伊，看起來並不是感到困擾，從他放在阿伊肩上的手掌便能明白。不知何時起，阿伊已經能夠光靠體溫就知道那個人有什麼樣的想法。

我們是一家人。

阿伊想著，就算沒有血緣相繫，也能成為一家人。明明阿伊自己就完全展現出這件事情。有丹尼爾與綾子如此棒的一對父母親，自己才能夠好好活到今天。綾子的溫暖、幸福的少女時代。

裕緊擁著阿伊。裕那長長的手臂完全環繞著阿伊。好溫暖，真的很溫暖。阿伊不是少女，不再是那個一直尋求著父母親溫暖的小小少女。但這種溫暖，對於已經長大成人的阿伊來說仍是必要的。以前不過是個陌生人、現在仍然沒有血緣相繫的裕給予阿伊這分溫暖，並且讓阿伊存在這個世界上。

阿伊向裕說了美菜的事情，所有的事情。她們是怎麼認識的、怎麼樣度過那些日子。他雖然原先就知道美菜是阿伊重要的好朋友，但這些對裕來說幾乎都是不曾聽聞的事情。只有說到美菜因為和內海義也發生關係而懷孕，並且打算拿掉孩子的時候，裕稍微倒抽了一口氣。但阿伊還是繼續說下去，她停不下來。

「我不懂美菜。我最喜歡美菜了，真的很需要她，美菜真的給了我很多、很多東西。對我來說，美菜……美菜是無可取代的人。我想見她。我想見美菜。但我實在無法理解她要做的事情。我無法原諒這件事情。」

說出「無法原諒」的時候，阿伊略略顫抖。那不是來自怒氣，是因為無法原諒而感到痛苦。

「阿伊。」

裕那擁著自己的手臂加強了力道。雖然有點痛，但完全沒有暴力的氣息。和裕在一起，從來不曾感到恐懼，至今為止一次也沒有。完全沒有。

「如果同時有著想見面的心情，還有無法理解的心情，那我認為應該要讓想見面這種想法優先。」

電風扇的扇葉仍然轟轟作響，那燥熱的風雖然完全無法冷卻阿伊的身體，但這個屋子裡仍然是和平的。絲毫不受任何東西威脅。

「應該要好好的見面、然後談一談。」

這個性命不受威脅的夜晚，肯定是種奇蹟。

「就算無法互相理解，也是能夠彼此相愛，我是這麼認為的。」

阿伊那天馬上就開始打包。裕笑著說，應該先買機票吧。結果預約了一星期後的班機。馬上就寫電子郵件給美菜。只寫了「我要去洛杉磯」，立刻就收到回信。

「我等妳。」

那天，奧地利東部接近匈牙利的布根蘭邦高速公路上，發現一輛棄置的冷藏卡車，裡頭有包含四名兒童在內共七十一人的遺體。同一天，利比亞沿岸的地中海上，搭乘難民前往義大利的偷渡船隻沉沒，死亡共兩百多人。

一星期後，在土耳其的海邊發現一名男孩的遺體。

那是從敘利亞科巴尼前往土耳其之後，搭乘由博德魯姆開往希臘科斯島船隻的難民。航行途中船隻翻覆了，他和五歲的哥哥雙雙溺死，結束了短短三年人生。

他的名字是艾蘭·庫迪。

看見美菜的瞬間，阿伊跑了過去。

在碰到對方之前已經開始哭泣。美菜也是。眼前緊緊擁抱的美菜身軀當中或許已經沒有孩子。但阿伊仍然愛著美菜。美菜是溫暖的、活生生的生物。不是空蕩蕩的墳場之類的東西，而是嬌嫩嫩的活人。

真想看看美菜的臉龐、想問美菜好多事、也想向美菜說好多事情。先前明明那樣的憤怒，那種憤怒又是難以想像的沉重，結果卻如此容易就能夠原諒某個人。阿伊也一度懷疑自己，卻覺得好像捕捉到比懷疑更重大的心情。

「美菜，海裡。」

「嗯。」

「海裡，有個男孩子……」

接下來的話就說不出口了。

阿伊是在飛機上拿到的報紙上看到那則男孩被打上海灘的新聞。

在波浪打上來的時候，彷彿趴著睡著的男孩子，那鮮紅色的上衣深深映在眼裡。阿伊馬上衝進了洗手間，想吐卻吐不出來、想哭也哭不出來。只是覺得渾身顫抖彷彿從頭上被人淋了一盆冰水，牙齒直打顫。好冷，好不安。打從心底希望裕能緊擁自己。

他的名字是艾蘭・庫迪。

向空服員拿了條毯子在座位上從頭蓋住自己。這樣一來渾身汗水直流，那些汗水又讓身體直打顫。隔壁的乘客睡著了。對方竟還能那樣平穩地呼呼大睡、發出安穩的呼吸聲。要了杯冰水吞下鎮定劑。明明想睡覺卻害怕睡著。結果阿伊在恐懼中顫抖並不知不覺陷入沉眠。

阿伊和美菜一起閱讀在飛機上拿到的那份報紙。兩個人一起看了電視上播放的新聞、一起追蹤網路上播放的影像。

他的名字是艾蘭・庫迪。

和美菜在一起，就不會那樣發抖了。不覺得冷、也不會感到不安。因為美菜會擁抱著自己。取而代之的是無法停止的眼淚。從抵達機場以後，阿伊和美菜一直都在哭泣。

他在所有的畫面當中，都安詳地趴睡著。

那令人無法想到是溺水屍體的美麗，緊緊貼在阿伊心上、破壞著它。那種疼痛明明是自己的東西，卻沒辦法化為眼所能見的現實，實在令人氣得牙癢癢。那是無法用這隻手掌握的東西。

他的名字是艾蘭・庫迪。

他不曾再次醒過來。他不曾再見過沒有戰爭的美麗世界。

阿伊和美菜兩個人一起哭泣、大聲地哭泣。

米拉離開以後，屋子實在大到可以說是寬敞，但是有人的溫暖。正是美菜的體溫，也是現在來到此處的阿伊的體溫。兩個人靠在一起，幾乎身體相連般地一直說著話。敘利亞的事情、世界的事情、難民的事情，還有將來的事情。不知道的事情雖然多如山高，兩人還是完全運用起所有的知識，一直講下去。

「為什麼會發生這種事情？」

雖然也會反駁或者表示無法理解，但絕對要把對方的話聽完。

「為什麼？」

如果其中有一人說累了而睡著，不知何時就會被包裹在一條柔軟的毯子裡。還醒著的另外一個人，也會鑽進毯子裡。有時睜開眼睛，就覺得自己好像身處在大動物的體內。總覺得就像是一對雙胞胎，在尚未能見面的母親溫暖子宮當中。

肚子餓了，就吃麵包和水果。

嘴裡含著葡萄的美菜說：「我決定把孩子生下來了。」

聽美菜這麼說的時候，阿伊以為自己會哭，但沒有，反而笑了出來。這麼重要的事情居然還是以這種風格說出來的美菜，實在是有趣到不行。

「這種事情，妳應該在機場看到我的時候就說呀。」

「是嗎？」

「是呀。」

「這樣啊。」

「美菜。」

「嗯？」

「是因為我的關係嗎？」

美菜並沒有別開眼睛。那明明是在Ｓｋｙｐｅ上一直見到的臉龐，但這樣近距離對看，就覺得美菜在這兒、是確實存在的，讓人不禁暈眩。美菜就在這裡。

「是因為我的關係，所以才要生嗎？」

她的脣邊溼答答的，每次吃葡萄都這樣。阿伊真想幫她擦嘴。

「……也是原因之一。不過，這是我自己決定的。我自己思考過後得出的結論。」

實在忍不下去了，阿伊伸出了手指。美菜完全沒有動，默默等待著阿伊幫自己擦嘴。

「我現在還是覺得，拿掉孩子的人不需要向任何人道歉。畢竟那些人的身體是自己的東西。那些人的身體不是為了社會而存在的，也不是為了無法生孩子的人而存在的。是為了她自己的性命存在的，我是這麼認為。」

「嗯。」

美菜的嘴唇非常柔軟。實在是柔軟到令人驚訝。美菜活著。她是活生生的人類。但是，如果能夠溫暖這個人類，那麼自己應該也是個有血有肉、活生生的人類吧，阿伊想著。我不是什麼墳場。才不是什麼空蕩蕩的墳場。

「我是思考了自己的身體、自己的心和自己的生命以後決定的。」

「嗯。」

「我要生。」

「嗯。」

「要生喔。」

幾個月後，這個世界上就會有新生命誕生。美菜現在就是在做這樣的宣言。

「阿伊。」

阿伊心想，絕對不能忘記這個瞬間。

「妳在哭嗎？」

「這個世界上，i……」

帶了花束到海邊去。

艾蘭和他的哥哥、在偷渡時殞命的人們、因為海嘯而喪生的人們、因為那些突如其來悲劇而死去的許許多多人，兩個人帶了要獻給他們的花束。

「這把花束，除了我們以外沒人知道吧。」美菜在波浪打上岸時說著。

早晨的海邊沒有人，只能看到遠處有兩位衝浪的男性。

「但是可能會流到某個海邊。」

「或許到不了呢。」

「可能會到啊。」

「世界大概不會因為這把花束就改變了吧。」

「但是我們知道。」

「說得也是。」

「我們明白自己的心情。」

為了要讓它被沖得比較遠，盡可能用力丟出去。上頭有粉紅、大紅、黃色、橘色、藍色、綠色而五彩繽紛鮮豔無比的花束，掉落在灰色的波濤之間漂浮著。

「要是有把那本筆記本拿來就好了。」

「筆記本？」

「我之前好像有說過？就是那本寫了死者人數的黑色筆記本。」

「妳還帶來洛杉磯啊？」

「嗯，我自己也不懂為什麼，但我有帶。」

「妳要帶來這裡……帶來海邊幹麼？」

「……我不知道。和花束一起流放？不過那樣……」

「很奇怪吧？那算是妳的憑弔嗎？」

「……不是。不對呢。」

「不過，確實妳可能已經不需要筆記本了。」

「為什麼？」

「就算沒有筆記本、就算不把死者數量寫在筆記本上，也還是能夠想像世界上發生的悲劇。」

阿伊看著美菜。有幾根頭髮被風吹進了嘴裡。阿伊伸手幫美菜理了理。美菜的口中有著葡萄的香氣。

「我們是如此心疼著他。」

景色變得有些模糊、身體發燙。

才不過三年，但是無可取代的三年的性命，就遭受大人們殘暴而奪走的男孩子。他不是數字。是因為奇蹟而孕育誕生在這個世界上的一個人類。

他的名字是艾蘭・庫迪。

「雖然我們不明白，但正因為我們不明白，所以能夠放心思索著悲劇，也能夠更深一層去思考。因為好好度過那種時間、好好面對所以才能夠做到。雖然我不知道這樣能夠聯繫到什麼樣的行動。」

「……嗯，說得也是。」

「無論如何，這只有活著的人才能辦到。」

活著的人才能辦到。

那就是自己。一想到這點，就覺得幾欲昏眩。自己歷經無數奇蹟而身在此處。已經不需要再覺得那奇蹟令人羞愧。我不會向死者道歉、也不會再追問自己的生命，肯定如此。我是在敘利亞出生的。

「我想，還是跟爸媽問一下好了。」

「問什麼？」

「我是以什麼樣子來到他們身邊的？為什麼他們會想要領養我呢？雖然在我小時候他們都說過，但那時候我很害怕仔細聽這些事情。因為這好像明白地告訴我，我不是他們真正的孩子。但我想知道。我是他們的孩子。」

「是呀。」

「我也想知道敘利亞爸媽的事情。」

「這樣啊。」

「知道可能會感到痛苦，但我想知道。我現在想知道了。」

「嗯，說得也是，我認為這樣很好，那是妳的想法。」

阿伊非常興奮。想說的事情、想知道的事情接二連三地冒出來。這和地震剛過時感受到的興奮不同。不，或許還是很相似吧。

活著。

阿伊對於自己活著的這件事情，感到無比興奮。

我活著。

「那本書我也帶來了。」

「書？」

「地震過後，妳有寄一本書給我吧？」

「噢，妳說《Reading Lolita in Tehran》？」

在決定要來見美菜的那天晚上，阿伊非常興奮，實在是睡不著。打開了床頭的檯燈，難得又翻開了書頁，正是那本書。

還以為內容都沒讀進去，但那些話語卻悄悄滲透進阿伊的心靈，從內部與阿伊對話。

以前閱讀的時候，有很多地方都跳過了。為什麼沒看這一段？就連後來這麼想的段落，都完全從阿伊的記憶中脫落。想來阿伊的「想像」肯定有著極限。

比方說一九八八年那一段有這樣的描述。

『一九八八年冬天快結束、春天即將來臨的時候，德黑蘭又開始遭受空襲。每當思及那幾個月如雨般落在德黑蘭的一百六十八發導彈，我就會回想起那個春天奇妙的寧靜。』

自己出生的年份。

自己在敘利亞出生、被某個人抱在懷裡的時候，隔壁的國家正往再過去的國家丟飛彈。那個時候已經有某個人正在殺害他人、而有人被殺害。世界一直都是這樣，一直都是。

但是阿伊仍然從絕望的深淵、無能為力的怠惰當中，取回自己的心靈。自己的想像力是有極限的，這肯定沒錯。但是，若因此就放棄努力，那便錯了。阿伊追尋著詞句，讓心緒馳騁，想著那些未曾見過、肯定也不會見到面的過去的她們，只為了她們而哭泣。

身邊的裕應該在睡覺，但黎明時卻開了口，讓阿伊嚇了一跳。裕一直醒著。

「剛剛說的關於敘利亞照片的事情啊。」

剛剛，話雖如此，卻覺得已經是好久以前的事情。昨天的自己和今天的自己竟有如此大的不同。阿伊以一種看待新東西的心情看著自己的手。

「敘利亞的照片？」

「嗯，妳不是說，什麼程度是身為使命的報導、什麼程度又是為了自己？這樣的事情嗎？」

「嗯。」

阿伊闔上讀到一半的書。那些詞句暫時消失，眼前只有染上早晨幽微光明的床單。但那來自內心的聲音，肯定沒有從阿伊心中離去，絕對。

「各位讀者，希望大家能夠想像一下我們的樣貌。不這樣做的話，我們真的就不存在了。有時就連我們自己都沒有想像的勇氣，希望你們能夠想像一下抵抗著歲月與政治暴虐的吾等樣貌。最好是私下的、在某個祕密的瞬間，處在人生各種場景當中的我們；聽著音樂、墜入戀情、走在樹蔭大道上的我們；又或者是在德黑蘭閱讀著《羅莉塔》的我們。然後再想像一下這一切都被奪走，被趕到地下去的我們。」

光明毫無顧忌、緩緩地，不知不覺間已占據了整個房間。照亮了衣櫥門、裕從被單下伸出的腳、小腿上黑漆漆的腳毛，照亮了一切。平淡且平等。

「我認為真的非常困難，只能以自己的方式思考。」

「你完全睡不著？」

「嗯，真的很難、很痛苦，想到一半就搞不清楚思緒，覺得頭要裂開了。不過這樣過了一個晚上，我得到的答案卻非常簡單。」

「很簡單？」

「對。非常簡單，不過還是很困難呢，真的。」

「是什麼？」

裕用那種眼睛看著阿伊。那與美菜相似、也與綾子和丹尼爾相似的直率眼神，看著阿伊。

「是有沒有愛呀。」

「這個世界上，i……」

「美菜。」

「什麼？」

「我要下去海裡面一下。」

「咦？可是妳有帶泳衣嗎？」

「我有帶呀。」

「早有準備嘛！」

「可是我放在行李箱裡面。」

「啊？搞什麼啦！」

結果阿伊穿著內衣下去了。雖然也可以直接走進海裡，不過還是希望至少衣服是乾的。而且黑色的胸罩和內褲，遠遠看也還有點像是泳衣啦。

才踏出腳步，便因為海水的冰冷而叫出聲。

「這麼冰喔！」

「對啊！因為晚上已經完全冷卻了啊！」

全身起了雞皮疙瘩，但是很舒服。因為那是表示自己的身體有在工作、是活著的證據。

我活著。

沙子非常蓬鬆，輕鬆便能埋起赤腳。接二連三打上來的波浪讓海水顯得混濁，但遠方那波浪卻是有如美麗夜色的深藍。走到水高大腿處，打來一個大浪，全身都溼了。美菜比阿伊還早驚叫出聲。美菜說為了孩子，就連需要下海的衝浪也好一陣子不能玩了。

美菜要成為人母。

小小聲的喊著一、二，抱緊自己的身子。在波浪打來的瞬間轉過身去。海水跑進了鼻子，太陽穴瞬間一緊而疼痛。

「咳咳！」

但是浪花蓋過頭以後，就無所謂了。美菜凝視著從波浪間探出頭來的阿伊。不回頭也能明白，美菜一直在背後守護著自己。

阿伊繼續前進，為了不讓美菜擔心，刻意打直身子讓美菜能看見自己的樣子。沒看見衝浪手們，或許他們已經上岸了。又或者今天浪頭的情況不夠好呢？

水深來到肩膀上，阿伊回過了頭。還以為沒走多少距離，沒想到海岸線看起來好遠。美菜站在那兒，用手遮著陽光，一直凝視著阿伊。美菜大大揮了揮手，阿伊也揮手回應。

美菜會在那兒的。

美菜就在岸上等著自己。

這讓阿伊變得非常強悍又魯莽，她脫掉了內衣，把胸罩和內褲都用力往岸上一甩，美菜大叫出聲。

「搞什麼啦！」

美菜慌張地撿起掉在淺灘上的內衣褲。雖然她自己的鞋子都溼了，還是笑著幫忙撿。

阿伊潛進了海裡。

美菜要成為人母。

聽不見風的聲音、波浪的聲音。取而代之的是海水轟隆隆的響聲，還有自己的心跳撲通、撲通，彷彿近在耳邊。

探出海面，風聲和波濤聲再次復甦。明明能做的事情都做了，卻還是難以相信自己剛才在海裡。用力以口鼻大口呼吸，聞到的是海水的氣味。

「阿伊！」

回過頭去，美菜和剛才一樣向阿伊揮著手。兩手上拿著阿伊的內衣褲。

美菜要成為人母。

我最喜歡的美菜、最重要的美菜！

深呼吸，盡可能在肺裡存滿空氣，然後睜著眼睛潛水。

轟隆隆。

撲通、撲通、撲通。

已經習慣了那聲音，也聽見了令人懷念的聲音。雖然在沙塵揚起的海中，幾乎看不見東西，但阿伊仍然不閉上眼睛。縮起雙腳、兩手懷抱，是一個胎兒的姿勢。總覺得這樣做非常自然。

波浪又胡亂沖擾著阿伊。上下顛倒、左右翻轉，阿伊忍不住閉上眼睛。

「這個世界上，i……」

轟隆隆，那就像血液的聲音。血液當中有我。在這孕育了許多生命又奪走許多生命的海洋中，我沒有與任何東西聯繫而漂蕩著。

我或許無法生孩子。

我或許無法在這個世界上留下自己的血緣。

「這個世界上，i……」

就算能夠留下，那孩子或許會過著很悲慘的人生。說不定會被捲入大人們瘋狂的殘虐、被迫與重要的人分開，然後悽慘地失去性命。就像艾蘭那樣、像他哥哥那樣。就像死去的所有人那樣。

「這個世界上，i……」

但是，如果能夠再次見到那在水中漂蕩、痛苦死去的艾蘭，還有他的哥哥，以及死去的所有人，我會對他們吶喊。

「謝謝你們出生。」

我想必會用盡全力、以我所有的精神，祝福他們的誕生。

就算他們會遭到世界踐踏，我還是會祝福他們。

「謝謝你們出生。」

什麼謝謝！就算他們吶喊著自己如此悲慘而殘酷的人生究竟是為何而存在的、就算被他們唾棄或毆打，我還是會祝福他們。

謝謝你們出生。

「這個世界上，i……」

快喘不過氣了，阿伊張開眼睛，在浮出海面前看到了那東西。

阿伊看見了五彩繽紛的花瓣在自己的身邊飛舞。

那可能是剛才和美菜一起丟出來的花束，又或者並不是。紅色的花瓣看起來就像血液，在阿伊伸出手時卻有個大大的波動流過，花瓣從阿伊的手中溜出。綠色、粉紅色、藍色、黃色的花瓣不斷改變形狀，就像是嘻鬧般從阿伊身邊通過，祝福著阿伊、祝福著她自己。

「這個世界上，i是存在的。」

我在這裡！

阿伊在海中吶喊著。雖然痛苦已經超越極限，但她仍然吶喊。

我在這裡！

阿伊就在這裡！

並不是因為有爸媽、有美菜和裕愛我，所以我存在。我一直都在。一直、一直都存在。所以我在這裡，我現在在這裡。而且這樣的我、這個我，爸媽、美菜和裕都愛著。是先有了我。我存在，現在也是。

阿伊就在這裡！

這個世界上，阿伊是毫無疑問存在著的！

無論被誰否定，或者在某些瞬間連自己都無法相信，依然存在。一直都在。以後也絕對會繼續存在，絕對的。

我在這裡！

「阿伊！」

美菜緊擁著上岸的阿伊。好痛苦、意識有點模糊、呼吸紊亂。兩人直接倒下，阿伊猛然護住美菜的肚子。美菜笑了，摸著阿伊的臉頰。

美菜用手掌摩擦著阿伊發紫的嘴唇。美菜用全身抱著阿伊的身體，像要把自己的體溫、一切都分給阿伊。阿伊也緊緊抱著美菜，用盡全身心力抱著。不知不覺兩人的體溫已經混在一起，為彼此提供溫暖。

太陽從兩人的背後現身，照耀著阿伊與美菜。接下來海水溫度就會慢慢上升了。海洋在光線照耀下綻放出許多顏色，有藍色、紅色、綠色、黃色、粉紅色，又回歸藍色。波浪不曾靜止，始終搖盪著。

「美菜。」

「什麼？」

呼吸仍然紊亂。心臟撲通地跳著，努力把血液送向阿伊全身。大大深吸一口氣，阿伊笑了。美菜的眼瞳當中映照著這世界上獨一無二、活著的人類。

「我在這兒。」

國家圖書館出版品預行編目資料

i / 西加奈子著；黃詩婷譯. -- 1版. -- 臺北市：城邦文化事業股份有限公司尖端出版：英屬蓋曼群島商家庭傳媒股份有限公司城邦分公司發行, 2022.04
面；　公分
譯自：i
ISBN 978-626-316-684-4（平裝）

861.57　　　　111002441

嬉文化
i
（原名：i【アイ】）

著者／西加奈子
執行長／陳君平
榮譽發行人／黃鎮隆
協理／洪琇菁
總編輯／呂尚燁
譯者／黃詩婷
美術總監／沙雲佩
美術編輯／方品舒
主編／劉銘廷
企劃宣傳／楊玉如、施語宸、洪國瑋
國際版權／黃令歡、梁名儀
文字校對／施亞蒨
內文排版／謝青秀

出　版／城邦文化事業股份有限公司 尖端出版
台北市中山區民生東路二段一四一號十樓
電話：（〇二）二五〇〇—七六〇〇
傳真：（〇二）二五〇〇—二六八三
E-mail：7novels@mail2.spp.com.tw

發　行／英屬蓋曼群島商家庭傳媒股份有限公司城邦分公司 尖端出版
台北市中山區民生東路二段一四一號十樓
電話：（〇二）二五〇〇—七六〇〇（代表號）
傳真：（〇二）二五〇〇—一九七九

中彰投以北經銷／楨彥有限公司（含宜花東）
電話：（〇二）八九一九—三三六九
傳真：（〇二）八九一四—五五二四

雲嘉以南／智豐圖書有限公司
（嘉義公司）電話：（〇五）二三三—三八五二
傳真：（〇五）二三三—三八六三
（高雄公司）電話：（〇七）三七三—〇〇七九
傳真：（〇七）三七三—〇〇八七

香港經銷／城邦（香港）出版集團有限公司
香港灣仔駱克道一九三號東超商業中心一樓
電話：（八五二）二五〇八—六二三一
傳真：（八五二）二五七八—九三三七
E-mail：hkcite@biznetvigator.com

新馬經銷／城邦（馬新）出版集團 Cite（M）Sdn. Bhd.
E-mail：cite@cite.com.my

法律顧問／王子文律師　元禾法律事務所
台北市羅斯福路三段三十七號十五樓

二〇二二年四月一版一刷

■中文版■

郵購注意事項：
1.填妥劃撥單資料：帳號：50003021戶名：英屬蓋曼群島商家庭傳媒(股)公司城邦分公司。2.通信欄內註明訂購書名與冊數。3.劃撥金額低於500元，請加附掛號郵資50元。如劃撥日起 10～14日，仍未收到書時，請洽劃撥組。劃撥專線TEL：(03)312-4212 ・ FAX：(03)322-4621。E-mail：marketing@spp.com.tw